DO NOT
不可以
いけない

道尾秀介

NOT
不可以
、けない
尾秀介

DO NOT
不可以
いけない
道尾秀介

高倉燦—譯

DO NOT
不可以

各界名家驚愕推薦！

我閱讀推理小說很少會再翻，但《不可以》我看了三次，仍不肯定是不是完全解開了謎底！這不是單純的小說閱讀，而是一個推理體驗！

——作家／文善

見到謎底的那一刻，滿滿的感動湧上心頭。這部小說以圖文穿插的形式製造懸念，全篇散發揮之不去的陰暗氣息。匪夷所思的情節接二連三，一度懷疑自己看的是鬼故事，並努力拼湊散落的故事圖塊。當拼圖即將完成時，先是被人性的黑暗嚇出冷汗，緊接著又被突如其來的逆轉，感動得熱淚盈眶。

——推理作家．《螢火蟲效應》作者／主兒

四則看似獨立的短篇、四張不明所以的圖片、四個莫名其妙的結尾，串聯構織成一部令人回味再三的推理小說。看完後忍不住往回翻找線索，餘韻十足，讀者能盡情地參與解謎過程。如果還是想不透謎底，再看一次各篇後附的圖片，會赫然發現所有疑惑的解答都在裡面。

——**推理作家．《疑案辦：血色芙蓉》作者／唐嘉邦**

不少本格推理小說使用列表或地圖來構成詭計，但採用一幅圖畫或照片來揭示真相，手法獨特、大膽而高明，可說是尾勁十足，餘韻無窮。加上透過劇情折射出來的人性黑暗與光明，《不可以》實在是推理迷（不論是否本格迷）必讀之選。——**作家／陳浩基**

很高興看到道尾老師漸臻化境。雖然是解謎系推理小說，謎底卻隨著視角轉變，折射出另一個灰階的真相。當四則故事最後交織在一起，我讀到了隱身在罪行背後的人性。——**作家／張渝歌**

宛若一座充滿機關的樂高藝術品，本書每個篇章皆如積木般可拆解為個體，幾篇看似以自殺勝地為地緣的短篇作品，卻在最終如快速組合積木般，神乎其技堆砌出長篇小說的全貌。當真相水落石出之餘，也感佩道尾秀介獨特的體驗型推理風格，挑戰著讀者根深柢固的邏輯。這是一場充滿欺瞞的犯罪饗宴，更是一本令人想重讀，尋找更多詭計的精采作品。

——**作家・英國與加拿大犯罪作家協會ＰＡ會員／提子墨**

出道時便被譽為本格推理最強新人的道尾秀介，在作家生涯十五年繳交出這部體裁前所未見、在推特上引發學生讀者熱情討論的神奇小說。每一個看似圓滿落幕的短篇傑作，都能在結局的一張照片徹底顛覆你我的認知世界，逼得我們一遍又一遍地揉眼睛重讀。道尾說，當閱讀族群開始減少時，小說本身必須改變，帶給讀者嶄新的樂趣——這位文字魔術師真的辦到了！

——**推理評論家・百萬部落客／喬齊安**

本書挑戰某些人「只想等作者揭曉真相」的閱讀習慣，於每篇結尾拋出一張片面（卻又關鍵）資訊的圖片，讓讀者驚覺「或許看漏了」回頭細讀，甚或停下來思考，進而完成最後的那塊拼圖。比起「一張圖顛覆故事」的大逆轉，這更像是為了將讀者拉入解謎行列，所投放的特效藥。畢竟比起被動接收的文字，自己得出的真相會更有力度，不是嗎？——**推理作家／寵物先生**

目錄

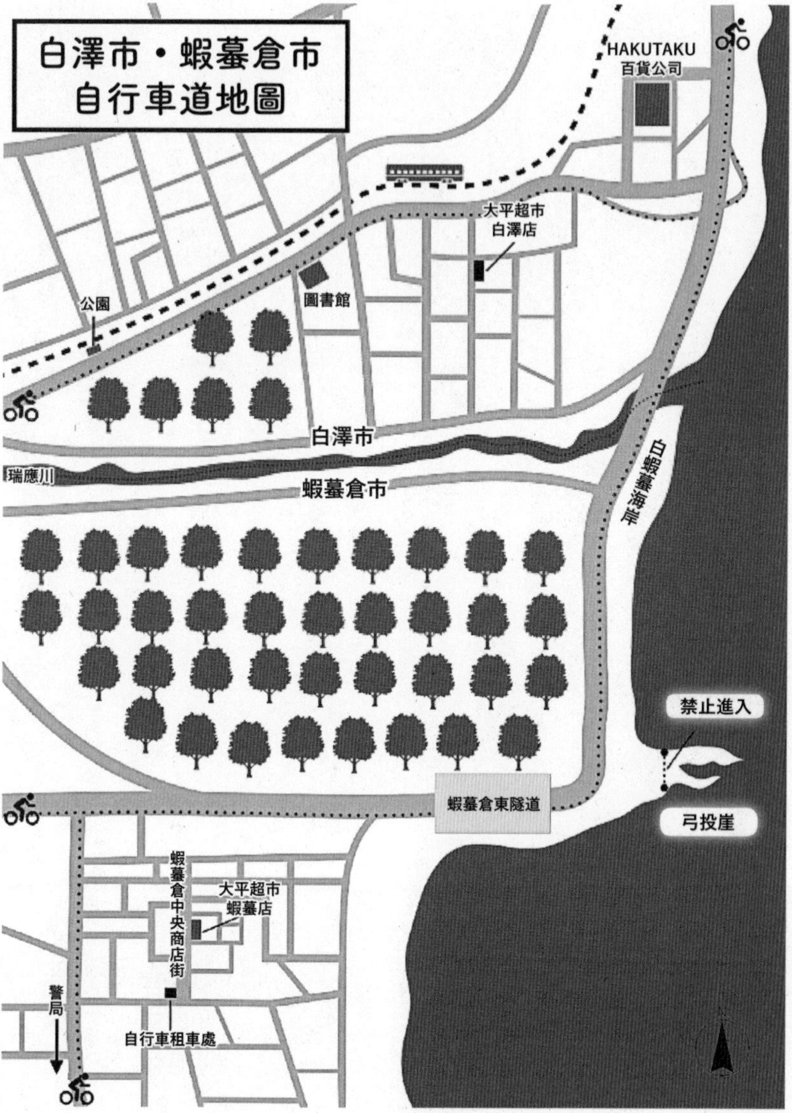
白澤市・蝦蟇倉市
自行車道地圖
HAKUTAKU
百貨公司
大平超市
白澤店
公園
圖書館
白澤市
瑞應川
蝦蟇倉市
白蝦蟇海岸
禁止進入
弓投崖
蝦蟇倉東隧道
蝦蟇倉中央商店街
大平超市
蝦蟇店
警局
自行車租車處

第一章

不可以看弓投崖

弓投げの崖を見てはいけない

DO NOT

一

不知道是誰開始說的。

沿著海岸線連接白澤市與蝦蟇倉市的白蝦蟇海岸，順著那條路南行時，絕不可以望向出現在左手邊的弓投崖。

弓投崖是位於蝦蟇倉市東邊的斷崖，一大一小的尖銳前端，就像小龍蝦的螯一樣，朝大海挺出。昔日治理這一帶的一位好戰的主君，在釋迦牟尼的開悟下，明白性命的尊貴，就此折斷戰弓，拋進海中，這傳說似乎就是它名稱的由來。也有人說，宛如小龍蝦前螯的地形，就像斷弓的形狀。

儘管有個如此煞有其事的故事，但現在的弓投崖卻成了當地知名的自殺景點。可能是同音惹的禍吧[1]。不光蝦蟇倉市民，鄰近各縣也都有各式各樣的人來這裡跳海自殺。因為崖上聚集了許多亡靈，開車時要是與亡靈對上眼，便會被帶往另一個世界——所以絕不可以看斷崖。

事實上，在這個地方發生的死亡事故不少。

安見邦夫望著前方的暗處，重新握緊方向盤。他現在行駛在白蝦蟇海岸上。弓投崖就快出現在左手邊。他駕駛的這輛低階車款，是他大學畢業成為教保員那年買下的八年二手車。之後他在蝦蟇倉托兒所工作了十年，在白澤托兒所工作了十年。以年滿二十八歲來說，如果是人類，還算是年輕人，但若換作車子，便是個步履蹣跚的老人了。「和我家的車不一樣」，園童們率真地說出感想，同事們也向他調侃道「可以感覺到一種缺陷」。

弓投崖的黑影從前座的車窗外掠過。當然了，邦夫完全沒看斷崖，視線一直定在擋風玻璃上。

「應該是因為一過斷崖後，就遇上大彎和隧道吧……」

之所以死亡故事特別多，不是因為亡靈。從這裡開始，海岸線會往右來個大彎，接著是蝦蟇倉東隧道入口。在這種地方要是轉頭看旁邊，一定會出事。弓投崖後方，白天是長長一直線的水平線，入夜則有漁火閃爍，景致確實不壞。

「要看斷崖的話，還是開車最適合。」

1. 弓投的日文為「ゆみなげ」，當中的みなげ音同漢字「身投」，意思是「跳水自殺」。

白蝦蟇海岸靠海這一側，以護欄區隔出一條綿延的自行車道。當初新婚時，邦夫也常和妻子弓子（芹澤弓子）騎這條自行車道。望著斷崖，享受海風呼嘯而過，也別有一番情趣。

通過右邊的彎道，進入蝦蟇倉東隧道。

車窗因風壓而發出聲響。

「——嗯。」

邦夫把臉湊近擋風玻璃，前方有白光閃爍，應該是隧道出口一帶。看起來像是警示燈，但不是黃色。他偏著頭，身體靠回原位，這時，擺在膝上的百貨公司紙袋往前滑。裡頭裝的是他要送弓子的結婚五週年禮物。邦夫急忙單手往前伸，但還是慢了一步。紙袋掉在鞋子和踏板上，他弓起上身，把手伸長，但胸部被安全帶綁住，搆不著。他解開安全帶的扣環，這才搆到了紙袋。邦夫將它擺在他與前座間的手剎車旁。他忙著撿拾的這段時間，前方的白光逐漸朝他靠近。好像是車子的警示燈沒錯。應該是換成白色燈罩的緣故吧。這樣當然違法，但現在很多年輕人都會做這種沒意義的改造。

「車子故障嗎……？」

那輛車沒靠向路肩，而是整個停在車道上。不過，確認過對向車道後，沒看到對向來車，所以可以切換車道從旁邊通過。邦夫打右轉方向燈，轉動方向盤……

「咦？」

那停住的車輛突然動了起來，車頭往右來了個大迴轉，眼看就要擋住邦夫的前進路線。邦夫急忙將方向盤往回切，同時急踩剎車，但來不及了……要撞牆了……

……

……

……

他閉著眼睛。

黏稠之物在他喉中擴散開來，刺耳的耳鳴盈滿他的腦袋。他無法抬頭。全身都使不上力。彷彿沉入一處深邃幽暗的場所。

他勉力撐開眼皮。空氣緩緩旋繞。出現在方向盤後方的，是破裂的擋風玻璃。左邊是被壓扁的前座和水泥牆。右邊可以望見漁火。白光閃爍。

不對——

那是警示燈。

在耳鳴的情況下，有零亂的腳步聲靠近。

——不是我。不是我的錯。

——都是因為你沒看後面就移車。

——他死了嗎？死了嗎？

是年輕男子的聲音。

——移車的人是我沒錯，但阿浩不是說要掉頭嗎。他說想掉頭回去看斷崖。

——可是我沒叫你直接在這裡迴轉啊。

——喂，他動了……

邦夫像要推開方向盤般，坐起身，整個世界嚴重傾斜。隔著右邊的車窗，出現三個人影。

——喂，開門。

某人如此說道，駕駛座的車門發出聲響。

——不行，車門都變形了。

——讓開！

另一名男子動手拉車門，車身一再搖晃。不久，隨著碰的一聲，身體右側突然暴露在外面的空氣下，男子們的聲音就此變大。

聞到整髮液濃重的甘甜氣味。

——喂，你不要緊吧？

——傻瓜，別搖他！

——現在不能搬動他，得趕快叫救護車。

視線彷彿多了好幾道膜，邦夫確實望著他們，但完全看不出三人的長相。

——等等，別打電話。

——咦？

——你怎麼叫我別打電話！

——為什麼……

——你們看，是這傢伙自己不對……因為他沒繫安全帶。

邦夫張著嘴，但說不出話，只能從喉嚨發出「啊、啊」的沙啞聲。

——剛才是這輛車撞上我們對吧？

——好像微微擦到……

——擦到哪裡？

——咦，為什麼這樣問？

——去看看擦到哪裡！

大聲咆哮的，是一名頂著金色頭髮，髮型像掃帚般倒豎的男子。挨他咆哮的男子走遠，從遠處傳來他的聲音。

——保險桿的邊角微微凹陷，再來就是方向燈的燈罩……

——燈罩破了嗎？

——破了。

——快撿。

——咦？

——把碎片全撿起來！阿雅（森野雅也），你也快去撿！

另一名男子馬上遠去。

留在原地的男子望著邦夫。警示燈在他背後持續閃爍，男子變成斷斷續續的黑影。

——順便給我點零花吧。

男子手伸進車內，往邦夫的褲子口袋摸索。從邦夫後方口袋取出錢包，一把拿出裡頭的鈔票，放進自己口袋後，朝他的卡片大致看過後，將錢包拋進車內。

——枉費你大難不死，真是遺憾啊。

對方伸手來到邦夫腦後。

——你引發的是一起個人事故，是你自己開車撞牆。

男子的五根手指一把揪住邦夫腦後的頭髮。

——因為我們還年輕。

他的頭被用力往後扯，臉部重重砸向方向盤。一次……兩次……三次……下手毫不猶豫。就像一再頭下腳上地從高樓上方被推落似的。

——喂，你在幹什麼！

四次……五次……眼前景象逐漸消失。

——……哥！

兩個字，對方的名字是兩個字。

六次……七次……眼前的世界逐漸消失。

八次……九次……聲響和疼痛也隨之消失。

我就快死了。當我隨著幾不成聲的叫喊而瞪大眼睛時，我看到對方的長相。是個噘起上唇，模樣像在笑的男子。他似乎很開心，眼皮往上挑，白皙的臉頰，往上豎的頭髮。我絕對不會忘記。不會忘。不會忘。

男子的臉，成了邦夫在世上最後看到的光景。

……十次。

完全的黑暗籠罩而來。

那是四月五日晚上九點十二分。

二

佛龕裡的遺照，朝安見弓子露出溫柔的微笑。

從窗外照進的陽光，將他的笑臉和焚香升起的裊裊輕煙都染成了橘色。跪坐在地的弓子，膝上放著一個超市的塑膠袋，裡頭裝的是她在打工的超市買回來的食材。

她將視線往下移，望向自己身上穿的淡黃色夏季針織衫，是邦夫送她的結婚五週年禮物。位於白蝦蟇海岸前方的那家百貨公司提供的紙袋裡，原本裝著這件夏季針織衫。

要不是去買這個禮物，就不會發生那種事了。

那天晚上，弓子在學生時代的朋友邀約下，到附近的平價餐館用餐。當時邦夫在公寓的玄關送弓子出門，還笑著對她說：「妳就偶爾放鬆一下吧。」

他一定是想給我個驚喜。想趁弓子回家前，買回這件她以前一直很想要的夏季針織衫，讓她驚喜一下。但萬萬想不到，他根本看不到弓子穿這套衣服的模樣。

從那之後已過了三個月。
穿夏季針織衫的季節也快結束了。
悲傷和憤怒都日漸加深。
從邦夫乘坐的車輛前保險桿，發現和其他車輛擦撞的細微痕跡。警方根據這點展開搜查。據負責的刑警所言，在兩個月前，亦即五月初的那個時間點，已鎖定有可能擦撞的車種。為年輕人特別喜歡的RV休旅車，黑色車漆。之後搜查員在蝦蟇倉市內對該車種的車主展開地毯式搜查，但每輛車都找不到擦撞痕跡，到修車廠調查，也沒有這種車送修的紀錄。現在正擴大區域，持續朝鄰近的市街展開搜查。
有希望破案嗎？
遠方傳來竹笛的聲音，咚、咚、咚、咚——就像有人在玩紙相撲似的，傳來細微的鼓聲。有人在練習慶典樂曲。弓子將目光移向掛在牆上的月曆，今天是七月五日。兩天後即將展開蝦蟇倉市主辦的七夕慶典。
七夕慶典是大型活動，連縣內的情報雜誌上也會刊登報導。當天中央商店街的長長拱廊會掛滿燈飾以及手工做的星星和月亮。道路中央會立起好幾根大竹子，每根竹子前端會綁上五顏六色的詩箋。

——NA……

有個聲音混在遠方的慶典樂曲聲中，傳進耳畔。

那是三個月前深夜聽到的邦夫聲音，邦夫在急救病房的病床上徘徊在生死邊緣時，斷斷續續地發出這樣的聲音。她不清楚當時丈夫是否還保有意識，邦夫口中提到一個名字，他像擠出僅剩的力氣般，一再重複說著那個名字。

——NA……O……

玄關門鈴聲響起。

弓子提不起勁站起身，仍坐在佛龕前一動也不動。門鈴聲再度響起——接著又響了一次。

她嘆了口氣站起身，伸手往頭髮輕輕一挽，手指朝哭腫的眼睛輕擦，接著朝貓眼窺望。站在門外走廊上的，是一名三十多歲的女性，個子嬌小，樸素的白色女性罩衫，搭上灰色的緊身短裙。厚厚的眼鏡底下，有一對不顯情感的眼睛，眼神茫然的望著大門。女子伸出右手，準備再按一次門鈴，於是弓子自己在門內先應聲。

「……請問哪位？」

站在貓眼對面的女性，突然鮮活地浮現笑容。

「我是十王還命會的人，敝姓宮下。」

那聲音宛如刻意加上音調起伏的人工合成聲音。女子提到的團體名稱，弓子曾經聽過，但一時想不起來是什麼。弓子轉動門鎖，在依舊掛著門鍊的狀態下，微微打開一道門縫。

「有什麼事嗎？」

「太太，我為您帶來您需要的教義。」

女子突然從門縫裡塞進一本薄薄的冊子，B5大小，封面以柔和的筆觸畫著相視而笑的一家人。冊子上以長尾夾夾著一張名片，上頭寫著「十王還命會 奉獻部 宮下志穗」。

看到十王還命會這幾個字，弓子終於想了起來，是在蝦蟇倉市設有分部的宗教團體，舉辦「演講」、「奉獻會」的通知，常會放進公寓信箱裡。分部的建築位在平常不太會路過的道路上，但記得某年春天邦夫開車路過那裡時，發現那裡的前庭種了許多櫻花。

「相信您看了之後，就會對我們的活動或是我們所追求的世界有大致的了解。不過，請容我為您稍做說明。因為分部就是特地派我來為您解說。」

明明音量不大，但音調卻很高亢，就像是從小型喇叭裡發出的聲音般。

「我不需要這種東西。」

弓子將冊子遞還給對方，但那名姓宮下的女子就像沒看到似的，自顧自的接著往下說。

「太太，想必您也知道，我們十王還命會在蝦蟇倉市設立分部，很快就已經六年了，會員數也穩健成長，現在已超過一百二十人。」

「這和我沒關係。」

將冊子遞回去的弓子，不知不覺朝手上使勁。冊子的邊角被宮下罩衫下的腹部頂回來，就此被壓扁。

「所謂的十王，是以閻魔大王為中心，決定人們死後去處的十位大王。人死後會分別轉生投入六道，亦即地獄、餓鬼、畜生、修羅、人、天這六個世界，而十王就是負責判斷人們該去哪一道。依據死者生前的行徑，將其送往六道中的一道。但這是佛教的教義，我們的教義不一樣。不論死者生前的行徑是善是惡，我們都會透過祈禱來與十王交涉，讓死者能再次降生在人道。這才是正確的道路。」

宮下說到這裡停頓一會兒，嘴角怪異的往上揚。

「不就是這樣嗎？當心愛的人前往遙遠的另一個世界時，會祈禱對方能再次投胎為人，降生在這世上，這也是理所當然吧？所以我們會幫助各位實現這個願望。透過我們的教義，愛人的靈魂會回到人類的世界。並再次與世上的親人見面……」

「請妳回去！」

待回過神來，弓子已將冊子丟向對方肩膀，她這還是第一次對別人做這種事。她轉動門把，關上門，聲音的殘響還沒結束，她已直接癱坐在混凝土上。她感到鼻腔內一熱，淚水自下眼皮滿溢而出，猛一回神，才發現自己前額緊抵著門內，低聲嗚咽。

「妳怎麼可能懂……」

這種心情不可能會懂，旁人是不會懂的。

眼前的報箱發出咚的一聲。

是冊子塞進裡頭發出的聲響。

三

隈島站在巷弄中央。

剛才他覺得有個女性的叫喊聲混雜在慶典樂曲中傳來。

他豎耳細聽，等了好一會兒，但什麼也沒聽見。

隈島微微讓風吹進他白襯衫的衣領內，再次在巷弄裡邁步前進。他邊走邊以手背拭去額頭的汗水，那是一隻覆滿硬毛的手，他的刑警同事都開玩笑說他這是「熊掌」。

與他搭檔的刑警學弟竹梨，今天和他分開行動。雖說刑警基本上都是兩人一組行動，但在人手不足的轄區裡，當然不受此限。刑警會這樣單獨行動的原因，幾乎都是為了講究效率，而且這次他也對竹梨這麼說。

但那是違心之言。

其實是他沒把握可以完全拋下私情。

在暮色輕掩的巷弄前方，出現一名嬌小的中年女子。她快速的擺動雙腳，朝一輛面向他停靠的白色廂形車走近。女子打開後座車門，一屁股坐進車內時，正好隈島從車子旁邊走過。他聽見女子向坐在駕駛座的男子低語道：

「她會上鉤。」

隈島目光投向車內。兩人發現隈島的存在，滿面笑容的朝他點頭，所以他也點頭回禮。這時，堆在女子身旁的冊子映入他眼中。隈島見狀，馬上明白這兩人是什麼來歷。女子關上車門，坐在駕駛座上的男子馬上發動引擎駕車離去。隈島轉頭，視線緊跟著那輛車。

十王還命會——

雖然不曾負責對他們展開搜查，但在刑事課的會議上時有耳聞。那是主張讓已死之人再次降生在人世，以此為目的展開活動的團體。會員們似乎分別以「捐獻」的方式，繳交一大筆錢給組織。

想也知道是個非法宗教，所以控訴自己受騙上當的會員也不少，警方展開調查。不過，雖說已展開調查，但目前查無明確的詐欺行為，警方也只能堅守不介入民事的立場。警方能做的，頂多也只能建議受害人找律師諮詢。

隈島在不安的驅使下加快腳步。

前方已可以看見木造的兩層樓公寓「緣莊」，確認過腳踏車停放處停了一輛黃綠色的腳踏車後，他走上樓梯。走過二樓的走廊，來到最裡頭那間房的門口，門旁貼著門牌，上頭寫著「安見」。他按下門鈴。沒人應答，等了一會兒後，又按了一次。

「我是蝦蟇倉警局的隈島。我看樓下停著腳踏車，想說妳應該在家。」

屋內終於有動靜了。對方解開門鍊，房門緩緩打開。脂粉未施，雙眼紅腫的安見弓子，從門縫中露臉。

「我是不是造成您的不便？」

不，弓子如此應道，露出有氣無力的微笑。

「是不是查到什麼線索？」

「嗯，是查到一些。不過很遺憾，弓……」

好險。

「以目前的階段，還不足以向您報告。」

和安見弓子見面，這算是第三次了。第一次是事故發生的當晚，在醫院的急救病房。第二次在兩個月前，在這間屋子裡向她報告搜查情況。

不過，大學時代，隈島幾乎每天都和芹澤弓子見面。

甚至還上過幾次床。

「這樣啊……」

弓子微微嘆了口氣，接著突然露出納悶的神情。明明沒有消息要報告，刑警來這裡做什麼呢，想必她覺得很訝異吧。

隈島一時為之語塞，就算他坦白說自己是因為擔心弓子，所以才前來，那也不會有什麼不自然。就算說自己是因為看到十王還命會的人，覺得很擔心，因而急忙跑來按門鈴，也很合情合理。但他就是說不出口，隈島就只是緊抿雙脣，呆立原地，達十幾秒之久。他還記得這個畫面。驀然想到這點，他深深覺得自己很沒用。

大學時代和弓子交往時，總是這樣。隈島有點笨拙，往往沒細想就展開行動。弓子總是很努力地想要理解隈島的感受，兩人這樣的關係，持續越久，負擔越重。某天，弓子終於主動向隈島提出分手。之後過了十多年，隈島現在還是一樣笨拙，始終找不到伴侶。五年前，他從別人那裡聽說弓子結婚的消息時，還是一樣笨拙，只會靠喝酒來掩飾心中的落寞。

「——請進。」

弓子身子側向一旁，手比向屋內。

四

超市的塑膠袋隨意擺在客廳的地毯上，弓子將它撿起，把裡頭的食材擺進冰箱後，到廚房泡了兩人份的茶。

「你請坐。」

她轉頭望向像木偶一樣呆立的隈島，伸手比向和室桌的一邊。朝和室桌旁跪坐後，可以望見屋內的寢室。右手邊的佛龕裡，尚未燃盡的香，朝天花板升起裊裊輕煙。

桌上擺著一本薄薄的冊子，是剛才堆放在那輛車內的十王還命會文宣。

隈島靜靜望著冊子時，弓子坐向他對面，遞出一個茶杯。

「這是……？」

隈島指著桌上的冊子。

「剛才有人來邀我參加。」

弓子微微輕嘆。

——她會上鉤。

隈島想起剛才聽到那女人說的話，感到心底一陣無名火起。

「這種東西還是別看比較好，我幫妳扔了。」

他一把握住冊子，正準備揉成一團時，弓子隔著和室桌伸過手來制止。

好冰冷的手指。

「沒關係，我自己會扔。」

隈島將冊子放回桌上。B5大小的冊子，就像被人扔過或是掉在地上般，有一處邊角被壓扁，擠出多道縐摺。他覺得這東西不該看，就此抬起視線。

客廳的角落裡有個令人懷念的東西。

「安見太太，您現在還在練射箭嗎？」

「咦？哦～」

弓子順著隈島的視線轉頭望。

立在L形櫃後方的，是日本弓和箭筒。

「畢業後就沒練了。搬來這裡後，一直都擺在寢室角落，但想到要是不小心踩到會有危險，所以改移到那裡。」

經這麼一提才想到，上次到這裡來時，那地方還沒擺放弓和箭。

「這樣啊。我也是畢業後就沒拉過弓了。當時真的不分寒暑，每天都……」

他發現弓子責難的目光，急忙就此打住。隈島不發一語地低頭致歉後，兩人的視線在屋內游移了半晌。最後兩人的目光在佛龕的遺照上重疊，就落在玻璃後方的那張笑臉上。

他與弓子是在大學的弓道社邂逅。

平時個性開朗，帶點淘氣的弓子，只有在身穿弓道服瞄準箭靶時，會展現出比誰都來得英姿煥發的側臉。那一刻，包括隈島在內，許多男社員都為之著迷。深受弓子吸引的男社員當中，之所以只有隈島和她走得近，可能就只是因為他們分別是女子弓道社和男子弓道社的社長，碰面的機會比其他人來得多。隈島到現在仍想不出其他理由。

「還是一樣沒有目擊情報嗎……？」

弓子轉身面向他。隈島下巴往內收，點了點頭。

「沒有。在對方離去前，路過現場的車輛，好歹總會有一輛才對。」

「剛才你說搜查有進展……」

「對，不過……」

「以目前的階段，還不足以向我報告對吧？」

「近日應該就能告訴妳了。」

隈島的視線落向桌面。

他心裡其實想將他知道的一切全告訴弓子。

其實目前的搜查進度並非還在原地打轉。

上禮拜查明的事項如下。三個月前，亦即四月五日，在白蝦蟇海岸的隧道出口附近，安見邦夫駕駛的轎車碰撞的對方車輛——疑似車主的人物，終於鎖定了。藉由轎車前保險桿附著的塗料展開調查，早在兩個多月前便已知道對方是何車種。搜查本部搜尋蝦蟇倉市內擁有這種車的所有人物，但查無所獲，接著將搜查區域擴大到周邊的市鎮，展開綿密的打聽及車輛搜查。

最後終於查出某個年輕男子。

此人擁有這個車種的車，而且發生事故的兩天後，亦即四月七日當天，在自家附近的商店買回後方保險桿和方向燈外罩。應該是自己安裝吧。隈島等搜查人員將這名男子視為主要嫌疑人。再來就是和男子接觸，展開訊問了。

但男子尚未被逮捕。

男子在隔壁的白澤市內租了一間公寓，獨自居住。隈島和竹梨等刑警輪流監視那棟公寓，但至今仍無法和他接觸。據隔壁住戶說，他平時很少回這個住處。那輛有問題的車輛，並未停在男子租的停車場內，應該是他開著那輛肇事的車出門後，便沒再回來，直接找人投靠去了。也有可能他一直都在車上過夜。

男子的名字，至今仍不斷在隈島腦中打轉。隈島甚至覺得，如果今後的人生中遇到和這傢伙同樣名字的人，他恐怕無法向對方敞開心房。

「NAOYA……」

聽到弓子的聲音，隈島驚訝的抬起頭來。

「妳說什麼？」

「我丈夫之前在病床上，一直很賣力的反覆說這句話。一而再，再而三……」

弓子眼中逐漸泛淚。

隈島思考著該說什麼好，但最後還是想不出來，就只能挺直背脊回望弓子。

「我一定會抓到兇手。抓著他來到遺照前，命他下跪，就算他嗓子啞了，也要逼他開口道歉。我說到做到。」

窗外射進的陽光照向佛龕，遠處傳來慶典樂曲聲，掛牆上的那座平凡無奇的傳統時鐘，指針已過六點五十分。

理應要跪在遺照前謝罪的那名男子，正好在一個小時前喪命，此事當時隈島還不知情。

五

同一天的下午五點三十九分。

男子手握ＲＶ休旅車的方向盤，順著白蝦蟇海岸南下。

已有三個月沒開這條路了。從那晚之後，別說走這條路了，就連要進入蝦蟇倉市都沒辦法。

原因有二。

一是市內到處都持續展開盤問。警方四處盤問這件消息，是從那天晚上坐前座的阿雅口中聽聞。

——我至少在兩個地方目睹過。而且都是不同的場所。

阿雅打電話對他提出忠告。

——大概是在尋找那天晚上路過事故現場的車輛，想蒐集目擊情報。警方應該是不會懷疑那是自撞意外，但不管怎樣，你最近還是暫時先別靠近那裡比較好。

而另一個原因則是因為恐懼。

那天晚上他抓著頭用力撞向方向盤的那名男子，那滿是血汙的眼鼻口。他在開車時，不經意的望向一旁，總覺得那名男子就坐在前座，滿臉鮮紅的朝向他，一直緊盯著他看。

「真無聊……」

他用力踩下油門。

今天他回蝦蟇倉市，之所以決定走這個地方，是為了試試自己的膽量。一直提心吊膽，未免也太窩囊了，他受不了這樣的自己。就算被警方攔下來盤問，只要裝作什麼也不知道就行了。他要開在白蝦蟇海岸上，再次路過那個場所，之後再笑著向同伴們吹噓這件事。這麼一來，一切就能變得和之前一樣。

弓投崖出現在左手邊，向大海挺出的兩座斷崖。據說死者的亡靈全聚集在那裡。行駛在這條道路時，絕不能望向弓投崖，因為會與亡靈四目交接，就此被帶往陰間。

「你也在那裡嗎？」

男子隔著車窗瞪視著弓投崖。

那個男人也混在斷崖上的亡靈中望著這邊嗎？和眾亡靈一起詛咒著這個世界嗎？在找尋逼死他的仇家嗎？既然這樣……

「那你就來附身啊。」

他瞪視著斷崖，進一步提高車速。車內盈滿引擎轉速聲，路面的震動傳向他下半身。車子就此通過彎道，隧道入口出現在擋風玻璃前。

「死人根本不可能有任何作為。」

車子就此衝進隧道。昏暗的水泥牆，以飛快的速度往後流逝的橘色電燈，底下是一路筆直的道路，可以望見出口附近的左側牆壁擺了不少花。車子從旁穿過後，明亮的景致在擋風玻璃前豁然開朗。

「咦……」

等等。

剛才有個東西從眼角掠過。

那是什麼？我剛才看到了什麼？

「該不會是……」

不可能有這種事。絕對不可能。

但左腳卻已踩下剎車。四個輪胎在地面發出聲響，上半身被擠向方向盤。速度一口氣降到趨近於零，車身陡然停住。

他馬上打開駕駛座的車門，衝向馬路，奔回剛才路過的地方，隧道出口附近，那天晚上男子撞車的那一帶。

他停下腳步，呆立原地。在隧道牆壁盡頭的前方不遠處，從路面的水泥地縫隙長出葉片堅硬的雜草，朝牆面攀爬。那東西就像擺在葉子上似的，反射著陽光。

一塊白色的半透明塑膠片。

他蹲下身，伸出顫抖的手指。沒錯，是方向燈外罩的碎片。不是一般車輛附的黃色外罩，是當初他買這輛車時，刻意改裝的白色外罩。那天晚上，在對方轎車的衝撞下破裂的外罩。

看起來確實很像。

「是我的嗎……？」

他以為阿雅和阿浩（森野浩之）都撿乾淨了，但那時候事後沒特地將兩人撿來的碎片抵向撞破的部位比對。是他們遺漏了這個碎片嗎？而警方也一直沒發現它，就這樣擱置在這裡嗎？

「原來是雜草擋住了……」

長長的雜草撐起了這個碎片，之前一直藏在葉片下，巧妙的隱藏不被發現。

也許就是這麼回事。

好險。

要是這碎片被發現，警方可能就會懷疑這不是單純的自撞意外，而是衝撞事故。這麼一來，警方肯定馬上就會找上他。他曾經聽人說過，光是一個零件就能讓人露出馬腳。

當然了，這也可能是誤會。這碎片也許不是來自他的車，跟那起事故根本沒半點關係，可能只是一般的垃圾。不，他反而覺得這樣的可能性比較高。

不過，撿走它也不吃虧。

他撿起碎片，塞進牛仔褲口袋裡，壓抑不住上揚的嘴角。這世上果然沒有什麼可怕的東西，就算做了什麼壞事，只要運氣夠好，一樣能得救，就像這樣。

而我就是運勢比人強。

某處傳來草的窸窣聲，他不自主的屏住呼吸，左右張望。

什麼也沒看到，四周空無一人，就只有微微傳來蟲鳴聲。

他再次嘴角上揚，回到自己車內。他伸手搭向車門時，突然轉頭望向身後。可以望見隧道對面的弓投斷崖，一大一小的斷崖前端朝大海挺出。海面平靜無風，無比祥和的景致。

「喂……不來附我身嗎？」

他朝看不見的對手如此喚道，接著腦袋突然感到一陣爆炸般的衝擊。視野化為一片白茫，接著轉為紅黑色，全身失去感覺。發生什麼事了？他直接臉部撞向柏油路面，在失去意識的瞬間，聽見一旁傳來的聲音。

「十七點四十二分。」

是女人的聲音。

六

當隈島步出緣莊的房門時，外頭已暮色輕掩。

「從這裡到命案現場，正好一直線對吧。」

他從二樓的門外走廊往右走，來到樓梯前停步。視線就此往前延伸，望向暗夜的彼方，右手邊是遼闊的幽暗大海，白蝦蟇海岸的常明燈一盞一盞沿著大海的輪廓排成一列。

弓子站在他背後。

「要是沒發生那種事，繼續平安的駛一小段路的話……」

沒錯，真的只要再「一小段路」就好。駛出命案現場的隧道，繼續往前，左手邊會岔出一條單行道。只要進入那條路，沿著護欄行駛五分鐘，便抵達這棟公寓。

「以前常和我丈夫在海岸沿線的自行車道上騎車。」

那是氣息微弱，疲憊已極的聲音，自從睽違十多年重逢後，隈島始終都只聽到弓子這樣的聲音，至今還沒聽到她真正的聲音。學生時代那年輕有活力，像清澈的溪水流經般的聲音，不知道現在變怎樣了。

「騎車……騎停在樓下停車場的那輛自行車嗎？」

他一面回想那輛黃綠色的自行車，一面問道。那是俗稱的淑女車，三個月前，弓子趕往醫院時，也是騎那輛車前來。騎車應該會比搭計程車更快吧。

「怎麼可能嘛。在中央商店街南側，不是有家自行車出租店嗎？那是一家單車店，順便兼營出租生意，我們都在那裡租正規的自行車。」

弓子第一次嘴角上揚，但她流露的表情，卻遠比她微笑前更顯哀傷。

「不知道那家店的老闆是否一切安好。他年紀很大了。」

「我下次會去看看。」

隈島朝弓子行了一禮，走下外部樓梯。

當他繞過弄巷轉角時，正好放在白襯衫口袋裡的手機鳴響，螢幕上顯示竹梨的名字。

「我剛才回到警局，發生大事了。其他人已經趕往現場，鑑識課的人也一起過去了。」

「等等，你冷靜一下，慢慢說。」

「抱歉，聽說是有位行駛在白蝦蟇海岸的卡車司機打一一〇通報，穿制服的員警趕去現場後，打電話跟警局聯絡。在駛出海岸隧道的地方……」

聽到竹梨的報告，隈島一時間難以置信。他馬上結束通話，手裡握著手機，就此奔過巷弄，朝北而去。

七

白蝦蟇海岸全面禁止通行。

在警方搬來的照明設備下，路邊整個被照亮，那裡停了一輛RV休旅車。靠在護欄旁的黑色車身，正是在連日搜查下一再看到的車種。隈島和其他搜查員也已看過無數輛同款同色的車身。只不過，之前看過的車，全都不是隈島他們要找的對象。他們要找的，就是此刻停在面前的這一輛。

被害人的遺體已被搬往醫院，送交解剖，詳細結果還沒提出報告，但似乎可以確定死因是石頭重擊頭頂。

現場搜查員和鑑識員忙進忙出，隈島從中找到竹梨。竹梨小他兩歲，所以今年應該是三十七歲，但與當初分配職務時相比，竹梨的外觀看起來沒什麼不同，臉蛋還是跟白色茄子一樣光滑。

「當兇器的石頭在哪兒？」

「啊，隈島兄，辛苦你了。兇器已由鑑識課收回保管。」

「這我知道。我是問，那石頭掉在哪裡。」

他的語氣不自主地粗魯起來。這意想不到的發展令他腦中一片混亂，而且被其他搜查員和竹梨搶先，令他焦急難耐。

「聽說就在遺體旁，死者伏臥在地，石頭就在他肩膀一帶。和小孩子的腦袋差不多大，有一面沾了血跡。」

「那顆石頭是兇器沒錯吧？」

「剛才鑑識課的人打電話來，說石頭與被害人挫傷的形狀一致。」

「一擊斃命嗎？」

「對，一擊斃命。」

竹梨做出雙手舉起石頭往下砸的動作，接下來他扯著自己的頭髮做說明。

「聽說被害人染成一頭金髮，而且頭髮往上豎，不過腦袋正中央開了一個黑色大洞。就像火山噴火口一樣。」

「可有從石頭上採集到指紋？」

「好像沒辦法。石頭表面好像很光滑，但兇手可能戴了手套。話說回來，現在這個時代，沒有哪個笨蛋會徒手殺人。」

「要是戴手套殺人，就不算是笨蛋嗎？」

「不……」

竹梨一臉驚訝地望著隈島。隈島對自己拿學弟出氣的行為深切反省，並轉移目光，望向緣莊的方向。

以護欄區隔開來的自行車道對面，高大的芒草與加拿大一枝黃花叢生。一路上都是和緩的斜坡，如果是白天，從這個地方或許能看見緣莊的屋頂，但現在就只是一大片平凡無奇的昏暗景色。

他心底有個來路不明的東西在蠢動，就像想在明亮的地面行動的影子一樣，那模糊不明的不安，令隈島全身僵硬。

「對了，隈島兄。」

竹梨似乎已察覺學長的不悅，以特別開朗的聲音說道。

「從被害人的長褲口袋裡找到一個有趣的東西。啊，不，也算不上有趣啦，抱歉。」

「不用道歉。找到什麼？」

「一塊塑膠碎片，現在正展開詳細調查，不過我懷疑，那可能是方向燈外罩的碎片。」

隈島回望竹梨，緩緩搔抓著下巴。在拇指指腹的搔抓下，他的鬍碴發出陣陣沙沙聲。

「什麼顏色？」

「什麼？」

「那個外罩啊，是普通的黃色外罩嗎？」

「不，是白色。」

「像那輛車會裝的那種嗎？」

他望向停靠路旁的ＲＶ休旅車。

「沒錯，就是那一種。」

隈島離開現場，前往隧道處。隧道的出口附近也因為有警方的照明，亮如白晝。飛蟲四處飛舞，像發電機般的沉重聲響在牆壁產生回響。

他停下腳步，俯視靠在牆邊的花朵，當中有的色彩鮮豔，有的已經乾枯。花束當中還擺了一張寫滿字的色紙，「我永遠不會忘記你」、「謝謝你常陪我玩」——上頭滿是幼稚的字跡。應該是幼稚園的小孩子們寫的吧。

「被害人口袋裡的塑膠碎片，和這次的案件有關聯吧？」

竹梨從背後傳來的聲音，在隧道內形成回音。

「隈島兄，我覺得這好像會演變成很錯綜複雜的案件……是我想多了嗎？」

隈島沒回話，他無法回話。

因為某個東西吸引了他的目光。

「這到底是在想什麼……」

他往前伸手，拿起一個比周遭的大上一輪的花束，似乎是最近才供奉的，花瓣還帶有亮澤。花束底下繫著白色緞帶，上頭貼著厚紙做的卡片，就像在宣傳什麼似的，印有「十王還命會」這五個大字。

「人不會因為花束死而復活，不過……」

竹梨蹲下身。他話說到一半打住，輕輕伸手擺在十王還命會的卡片上。他的側臉就像一個多愁善感的孩子聽到自我犧牲的可憐故事，率真地流露愁色。十王還命會的那名女子在拜訪過弓子的公寓後，回到車內所說的話，隈島很想告訴竹梨，但他忍了下來，雙手緊緊握拳。

八

七月六日下午三點五十分。

隈島坐向蝦蟇倉警局走廊上的長椅，頭兒低垂，摩挲著前額，下午的搜查會議才剛結束。

「有點意外呢。」

竹梨坐向他身旁。隈島抽出一根LARK，點燃火後，竹梨像是遠離濃煙般，往外挪動臀部。現今社會推動抽菸區與禁菸區分開，而蝦蟇倉警局在走廊深處也設有抽菸室，但擺在走廊的菸灰缸還是沒撤走。

在會議上報告的昨天那起事件始末如下：下午六點左右，路過命案現場的卡車司機看到可疑的停車車輛，以及倒臥一旁的年輕男子。卡車司機一面駕駛，一面用手機報警，制服員警馬上駕著警車前往，保留命案現場，並與蝦蟇倉警局的刑警課聯絡。

據法醫報告，推算被害人的死亡時間為下午五點半到六點這段時間，由於發現得早，容易判定，所以幾乎已可以確定。現場並未發現任何犯人的遺留物，鑑識員已採集掉落地面的多人頭髮，但目前還不知道是否與事件有關聯。

而對被害人的RV休旅車調查後，確認這果然就是在四月五日發生的死亡事故中，與安見邦夫開的轎車碰撞的車輛。這都與搜查本部預想的一樣。

而就像剛才竹梨所說，有兩點令他們感到「有點意外」。

首先是放在被害人長褲口袋裡的白色半透明塑膠片。那確實是方向燈外罩沒錯，不過，並非被害人的RV休旅車適用的商品，是用來裝設在其他車種上的零件。

「為什麼被害人要帶那種東西在身上？那是完全無關的車子零件啊。」

竹梨的茄子臉變得扭曲，翻動擺在膝上的記事本。剛才在搜查會議上做的筆記，上頭寫了滿滿的字，但字跡凌亂，除了他本人外，沒人看得懂。不久前，隈島曾為了祝賀而送他萬寶龍（Montblanc）的原子筆，竹梨也相當珍惜，但寫的字還是一樣難看，要解讀他寫的文件總得費好大一番工夫。

「天知道。」

他嘆了口氣，同時呼出一口煙。

「相較之下，我還比較在意另一件事，就是那顆石頭……」

這時，代田剛好從走廊上路過。他是在剛才的搜查會議上，針對兇器做說明的鑑識員。

「代哥，可以占用你一點時間嗎？」

在他的叫喚下，代田朝走廊上彌漫的白煙瞥了一眼，明顯的皺起眉頭，朝他走近。

「關於剛才那顆當兇器用的石頭，你說不是命案現場的東西，確定沒錯吧？」

「不會有錯。所以我才特別說明。」

代田剛滿五十歲，但已滿頭白髮，而且不時會用很老派的說話方式，所以不認識他的人大多當他是老先生。

「你好像提到鹽分什麼的。」

「有沒有認真聽啊。我說的是，當兇器的那顆石頭表面並沒有鹽分附著。從現場周邊採集到的石頭，全都驗出海風帶來的鹽分，但是當兇器的石頭沒有，所以那很可能是從其他地方帶來的。同樣的話別讓我講兩遍，我看是菸讓你聽力變差了吧？」

「我的五感很正常。」

說完這句話後，隈島環視走廊，剛才的發言好像不太恰當，他為此反省。

「完全沒驗出半點鹽分嗎？」

「有一點。不過，那是從它成為兇器到它成為證物的這段時間裡，在海風的吹拂下所附著的鹽分。」

「不過，驗到的鹽分就只有這段時間附著的量，是這個意思吧？」

「沒錯。」

代田回答後，又補上一句「這我在會議上也說過」。身穿白衣的代田直接轉身，嘴裡嘀咕著從走廊上離去。

隈島將抽到一半的香菸擰熄在菸灰缸裡。他從長椅上站起時，傳來某人的聲音。原來是有位刑警同事從樓梯口探出頭來，朝他叫喚。

「我們帶回一名被害人的同伴，你要接手嗎？」

「偵訊是嗎？你說的同伴是誰？」

同事得意洋洋的嘴角上揚。

「森野雅也。四月五日晚上，坐那輛RV休旅車前座的男人。」

九

「那你證明原因啊。」

隔著偵訊室的桌子，森野雅也瞪視著隈島。他嘴巴微張，小小的眼睛就像果蠅一樣，一副不學無術的模樣。連好好坐在椅子上都辦不到，椅子坐不到一半，整個人靠向椅背，雙手插在口袋裡，頻頻將口袋裡的零錢弄得叮鈴作響。小平頭染成褐色，裸露的雙肩曬得黝黑。他雙眼不自然地充血，可能是抽大麻吧。雖然有這個可能性，但現在先不追究。

「要我證明，而不是說明嗎？」

每次和帶來警局的年輕人交談，隈島總是很想說這句話。他這句話的意思是「要多看報紙」。不懂得說話，對世事也一無所知，但為什麼他們都不會感到不安？為什麼總是能展露出這麼膚淺的悠哉態度？

隨便啦——森野雅也如此說道，揚起下巴。

「剛才那名刑警什麼也沒說明。我就只是說那天晚上我坐過阿尚（梶原尚人）的車，然後就突然被帶來這裡。」

根據刑警同事的說明，他們透過在隧道出口遭殺害的男子手機，找到這名年輕人，因而前去他家中將他帶回警局。

「那天晚上的事故，我什麼也不知道。開車的人是阿尚。的確，因為阿尚的緣故，那輛車才會發生事故，這點我承認。這點不是已經知道了嗎？

不過，開車的人不是我，是阿尚，所以阿尚才遭人殺害。他已經死了，根本沒理由帶我來這裡。」

根本聽不懂這是哪門子道理，但森野雅也卻得意洋洋的大放厥辭。

隈島用語謹慎的回覆。

「沒錯。三個月前的那一晚，駕駛RV休旅車的你那位同伴，已在昨天身亡。所以我們很傷腦筋。因為這麼一來，我們就無從得知那天晚上是在怎樣的情況下發生事故了。」

隈島想像這名年輕人腦中的狀況。

他知道什麼？

不知道什麼？

「可以請你詳細說明事故發生時的情況嗎？」

隈島雙手撐向桌面，微微低頭。維持這個姿勢窺望對方的表情後得知，年輕人那果蠅般的雙眼，瞬間因優越感而顯露光芒。

「不過，真的和我沒關係。」

「這我知道，你就只是坐在前座而已，因為是你的同伴開車，使得一名男子駕駛的轎車發生死亡事故。駕駛沒履行報警的義務，想要肇逃，你沒阻止他，這點是不應該，但我們不打算追究這件事。」

他知道什麼？

不知道什麼？

森野雅也暗哼一聲，聳了聳肩，低語一聲「算了」，就這樣說起了事故經過，令人意外。

「那天晚上，阿尚叫我坐前座，開在白蝦蟇海岸上。來到隧道途中，浩……不，阿尚突然提議說要看弓投崖，所以我們決定先找個地方停車，這時那輛車從後方以飛快的速度靠近。可能是因為阿尚車速減慢，那個車主嚇了一跳，急轉方向盤吧，就這樣撞向隧道牆壁。當時那輛車的車頭擦撞阿尚的車尾……好像是吧。」

說到這裡，森野雅也像在回想自己所說的內容般，抬頭朝天花板仰望半晌，接著才將視線移回隈島臉上。

「……就這樣。」

「別說謊好嗎？」

「說謊？我哪有說謊。」

森野雅也雖然如此回嘴，但神情略顯慌亂，隈島再次用語謹慎的說道：

「應該還是有另一名同車的人，剛才那位刑警——也就是帶你回來的刑警，已經調查過了。那天晚上，除了你和駕駛外，還有一人。」

隈島把臉湊近。

「還有一人？」

森野雅也上身往後靠，兩道細眉變得扭曲。過了許久，才從他喉中發出細微的低吼聲，好不容易才又開口。

「——阿浩。」

「是你們的同伴對吧？」

「是我弟弟。」

此事教人意外。

他弟弟名叫森野浩之，兩人在白澤市內的公寓租屋。

「他現在人在哪兒？」

「只知道他不在家，在那名刑警來之前，他正好外出。」

「去哪兒？」

「不知道。」

「請告訴我你家電話。」

「現在這個時代，誰會裝市內電話啊。」

「那手機呢？」

森野雅也告訴隈島他弟弟的手機號碼，隈島現場用自己的手機撥打，但可能是對方所在的地方收訊不良，傳來未開機的語音答覆。隈島將手機放回白襯衫口袋裡，向森野雅也詢問他弟弟外出時的服裝和外觀特徵。森野雅也回答道，下面穿牛仔褲，上面穿白色的短袖襯衫，外觀「和我很像」。隈島從房門向外探頭，向在場的刑警說明情況，請對方去搜尋森野浩之。

「不過，他和這起事故無關，因為他就只是坐後座。」

隈島沒答話，再次與森野雅之迎面而坐。他沒刻意說話，森野雅之見狀，仍維持挺身靠向椅背的姿勢，不時朝他投以不安的視線。

「……我說，到底是誰幹的？」

森野雅也雙肘撐在桌上，逐漸把臉湊近。

「是誰殺了阿尚？帶我來這裡的刑警說了，他被人狠狠砸破了腦袋對吧？」

「是不是狠狠的砸，得等抓到兇手後詢問才知道。」

「真教人火大，下手也太狠了吧。」

「你覺得火大？」

森野雅也往前挺出下巴，一再點頭。

「當然會火大啊，我的同伴被人殺了耶。因為阿浩很崇拜阿尚，其實我也是，所以阿浩都快氣瘋了，還說一定要宰了那個兇手。那小子生起氣來，可是比我或阿尚都還要危險呢，他偶爾也會做出很驚人的事來……對了，兇手到底是誰？」

「還在搜查中。」

「對了，開那輛轎車的人，有太太嗎？」

這句意想不到的話，令隈島不自主地坐正。

「……為什麼這樣問？」

「因為這不是很像在報仇嗎？自己的丈夫因為阿尚而喪命，所以那位太太對阿尚懷恨在心，在命案現場殺了阿尚。對吧？這是報仇。」

隈島腦中漸漸熱了起來。

「要是我，一定會這麼想。阿浩今天也這麼說，開那輛轎車的人所住的公寓，離阿尚被殺的地方不遠對吧？所以殺死阿尚的兇手，果然就是那位太太。她叫阿尚去那個地方，然後從後方靠近……手法我是不清楚啦。總之，對方是用巧妙的手法殺了他。」

「我見過你說的那位『太太』，不過……」

說到一半，隈島重新打量起森野雅也。

「為什麼你知道公寓的所在地？」

森野雅也一時神情為之動搖。

但他旋即嘻皮笑臉的應道：

「是從報上看到的。事故發生的隔天，報上提到『死者家住……』之類的。」

「引發交通事故的人家住哪裡，報上是不會刊登的。」

所以才說要多看報紙。

「咦？是這樣嗎？我弄錯了，是報上只提到名字，所以阿浩翻電話簿找到地址。因為我們還是會在意那件事嘛，心想，昨晚發生事故的那個人，到底是什麼人，家住哪裡。所以在報上看到人名後，就翻電話簿查他的住處。就只是這樣。」

隈島一面聽對方扯謊，一面回想三個月前的某一幕，那天晚上，當時他正在命案現場對安見邦夫的轎車展開調查。竹梨發現有個錢包掉在手剎車旁，查看錢包後，發現裡頭有信用卡和零錢，但沒半張鈔票。

那天晚上，這些傢伙從安見邦夫的錢包裡拿走了錢。可能是那時候看到放在錢包裡的駕照吧，就此得知他的地址；也可能是只記得「緣莊」這個公寓名稱，事後查出地址。

當時他腦中突然響起警鐘。

「你說你弟弟外出，他去哪兒？」

「就說我不知道啊，你是在鎖定什麼啊？」

「你真的不知道？」

森野雅也的薄唇微微一動，充血的眼睛深處閃著光芒。

——對了，開那輛轎車的人，有太太嗎？

——因為阿浩很崇拜阿尚，所以他都快氣瘋了。

——還說一定要宰了那個兇手。

「你弟弟該不會去那棟公寓了吧？」

「我不知道。」

隈島再也無法按捺，揪住森野雅也的前襟，一把將他拉了過來。

「他去過嗎？」

對方連肚子都被拉到桌子上，嚇得講話破音。

「又不是我的關係，是阿浩他自己要這麼做……哇！」

隈島一把將他推開，森野雅也連人帶椅翻倒，背部重重撞向地面。

「好痛……」

「人死的時候感到的疼痛，可不光只是這樣。」

隈島本想就此走出房外，但他突然改變想法，在門前轉過身來。

「告訴你一件重要的事吧。」

朝跌坐在地上的森野雅也說出那件事後，隈島叫來別的刑警，請對方接手後續的事，就此衝下樓。

十

打了好幾次弓子的手機，但就只傳來來電答鈴聲，沒有接聽。

衝出警局的隈島朝緣莊奔去，前往公寓的這段路上，單行道交錯，而且傍晚時分行人和自行車來來往往，所以開車反而花時間。前方駛來一輛白色的廂形車，與隈島擦身而過，只有短暫一瞥的車內，坐著之前見過的那對男女。一位個頭嬌小，戴眼鏡的女子，與身穿西裝的駕駛。

他衝上緣莊的樓梯，來到二樓的門外走廊。弓子的房門左側，擺了一個白色花盆，約七、八十公分寬，裡頭沒放土。昨天應該還沒這個東西。

「安見太太，妳在家嗎？安見太太。」

他按下門鈴，敲了敲門。等了一會兒，弓子轉開門鎖，從門內探頭，隈島這才鬆了口氣。

「隈島先生，你怎麼了？」

「有沒有發生什麼事？」

「我二、三十分鐘前才剛回來，所以……」

「有沒有人來找妳？」

經他這麼一問，弓子一時瞪大眼睛，旋即又恢復原樣。

「有人來過對吧？」

「對……不過，剛才已經走了。」

剛才已經走了？

「是誰來了？」

「十王還命會的人。」

隈島同時感到一陣無力感和焦躁感。

「就只有這樣嗎？」

「對，就只有這樣。他們在生活方面……該怎麼說呢，給了我多方的建議。」

「建議……」

「是的，例如擺在那邊的東西也是。」

弓子指著擺在門邊的花盆。

「雖然什麼都還沒種，但為了能好好和十王交涉，只要在那裡種下能長出白色花朵的植物就行了。如果是現在開始種，可以種白色的大波斯菊，或者是滿天星、屈曲花，雖然還有點早。好像得從種子開始種起才行。」

——她會上鉤。

「擺在這種地方，要是絆倒的話很危險吧。」

「可是，宮下小姐說……」

隈島感到心情沉重。

當然了，森野浩之沒來，已是萬幸。

「昨天在命案現場，我看到一束花，上頭附著十王還命會的卡片。」

「沒錯。」

弓子的表情變得開朗。

「宮下小姐說是她獻的花，剛才她還說，今後她每天都會去那裡供上鮮花……」

宮下應該是剛才坐在廂型車上的女人吧。

「妳最好別太相信那些人。」

弓子完全不知道對方背地裡說了什麼話，就對十王還命會如此醉心，看她這樣，隈島心裡無比哀慼。但此事不容他置喙，而且現在得先考慮命案的事。

「安見太太，我想到屋內請教妳一些事，方便嗎？」

弓子雙脣緊抿，手摸向罩衫前襟。

「是和搜查有關，拜託了。」

「那……容我先收拾一下衣物。」

弓子回到屋內，過了一會兒，再度打開門。

「請進。」

走進屋內，弓子伸手比向和室桌，於是隈島朝那裡坐下。桌上擺著一人份的餐具，有用過的痕跡。旁邊是攤開的早報，打開的頁面角落，刊出昨天那起事件的報導。在搜查本部的判斷下，被害人的姓名並未公開，所以報導內容極為簡單。不過，唯獨地點寫得特別詳細，報導中寫著「在蝦蟇倉東隧道的西側出口附近」。

「我早上看到時，嚇了一跳。」

弓子發現隈島的視線，也望向那篇報導。

「昨天那起殺人事件，是發生在同樣的地點呢。」

「沒錯，詳情還在調查中。」

隈島含糊帶過，再次將目光落向報導上，這時，他發現從報紙的邊角下露出某個東西。雖然知道這樣很沒禮貌，但他還是掀起報紙來看，原來是十王還命會的冊子。

「妳還沒丟嗎？」

「我翻閱了一下，發現裡頭寫了不少令人感興趣的內容。」

「這種東西妳不需要。」

隈島再也按捺不住焦躁，忍不住粗魯地拿起桌上的冊子，擺在餐具旁的醬油瓶就此撞翻。

「對不起……」

「沒關係，沒流出來。」

這醬油瓶是軟式塑膠容器，得按壓兩側才會倒出醬油，所以才沒釀禍。似乎才剛買沒多久，外表沒半點髒汙。隈島想將它放回原位，但手卻就此停住。

因為某個想法浮現他腦中。

不，這不可能。隈島馬上打消這個想法。抬起臉一看，弓子正望向一旁，佛龕就在那裡。

咦？隈島心裡感到納悶。

他此刻坐的位置與昨天相反。昨天在他右手邊的佛龕，今天是在左手邊。當然沒有多大差異，但不知為何，隈島覺得這件事很重要。

為什麼弓子要安排他坐在相反的位置上呢？

他轉動上身往後望，房間角落擺了一個L形櫃，後方立著弓子以前使用的日本弓和箭筒。

「妳現在還會保養弓箭嗎？」

因為箭筒的蓋子已被取下。

對——弓子瞇起眼睛。

「昨天你談到弓道，所以一時間興起懷舊之情。」

隈島一看便知。學生時代，當他們兩人的關係開始出現摩擦時，弓子常會流露這種表情。虛假的笑臉，那是極力隱藏心中情感時的表情。

「——等我一下。」

隈島站起身，朝房間角落走去，他背後的弓子微微發出一聲驚呼。他往取下蓋子的箭筒內窺望，裡頭放了八支黑色碳纖維箭桿的箭，前端朝下，八個箭羽朝上，當中有幾個箭羽的毛向凌亂。這不可能是剛保養過的箭，他伸出手指碰觸箭羽，凌亂的部分很輕易地順著手指的動作恢復原本的流線，毛向凌亂的現象尚未固定。也就是說，箭羽變得凌亂，是近日才發生的事。

隈島轉移視線，區隔客廳與寢室的拉門緊閉著，記得昨天這扇門是敞開的。

「我可以到裡頭看看嗎？」

「到寢室裡？為什麼？」

隈島沒回答，逕自朝拉門走近。

「失禮了。」

他緩緩打開拉門，裡頭整理得乾乾淨淨，地板上鋪著灰色地毯，地上沒掉落任何垃圾或是小東西。靠牆的木製層架，小小的書桌，壁櫥的拉門，還有一張床。

「你為什麼突然這麼做？也沒說明原因，會不會過分了點？」

弓子從背後喚道，話中帶刺。但隈島沒回頭，他的視線緊盯著某一點。

「這種季節蓋那麼厚的被？」

夏天蓋厚棉被，顯得很不自然。可能是羽毛被，在床上高高的鼓起。

「因為怕冷。」

弓子從隈島身旁穿過，站在他面前擋住視線，隈島在極近的距離下與她四目交接。她在隱瞞什麼？為什麼要隱瞞？

「安見……」

就在他出聲叫喚時——

「你別管我！」

伴隨著歇斯底里的叫聲，弓子伸手往前推。隈島胸口經她這麼一推，失去平衡，往後一陣踉蹌。

「請你別再管了！」

「可是……」

話說到一半，隈島就此住口，因為他從弓子瞪視他的眼神中，看到危險之色。那是只要再遭受些許衝擊，便會崩潰瓦解的眼神。

「隈島先生，算我求你。你請回吧。」

幾經猶豫後，隈島點頭。

「我知道了。」

他轉身背對弓子，壓抑自己五味雜陳的情緒，離開寢室。穿過客廳前往玄關時，隈島拿走和室桌上的那本十王還命會的冊子，用力丟進垃圾桶。

「我知道這是我自己任性的請求，但還是請妳別和那班人有任何瓜葛。」

籐製的小垃圾桶裡，除了平時的各種垃圾外，還有一盒香菸。和隈島抽的菸同樣品牌，是LARK。

「……這是妳抽的菸嗎？」

「是我先生以前抽的，他原本是個老菸槍，但去年底戒了。」

經這麼一提才發現，這屋子裡隱隱帶有菸味，可能不是短短半年就能完全消除。不過，明明去年年底戒菸，為什麼現在才將香菸盒丟進垃圾桶裡？隈島在說出自己的疑問前，弓子自己先開口說明。

「我先生說丟了也可惜，就這樣保留了下來，但我心想，一直留著也沒用，所以……」

「留到今天才丟？」

「對，好不容易下定決心。」

隈島拿起香菸盒，裡頭還剩一半。

「可以給我嗎？」

弓子面露驚訝之色。

「正好和我抽的菸同一個牌子。」

「啊，好……你拿去沒關係。」

隈島在玄關穿好鞋，最後朝室內深深一鞠躬，往右走過昏暗的走廊，朝樓梯而去。背後傳來開門聲，轉頭一看，穿著涼鞋的弓子正朝他走來。

「我……」

弓子停步，望著隈島，結結巴巴說不出話來，似乎在害怕什麼。她的黑眼珠微微顫動，消瘦的咽喉附近的皮膚，隨著呼吸起伏。隈島等了好一會兒，都不見弓子接著往下說。

隈島解讀她的表情，開口問道：

「昨天傍晚前，妳人在哪裡？」

「咦……」

「這單純只是搜查的步驟之一。昨天下午五點半到六點這段時間，妳人在哪兒？」

在隧道旁遭殺害的那名年輕人，推測就是在這個時間死亡。

「在六點多之前，我人在打工的地方，是商店街的一家超市，我負責收銀。」

「六點多是吧。」

這麼說來，昨天隈島前來拜訪時，弓子才剛從打工處返家。

「剛才妳也說是去打工對吧，每天都同樣的時間下班嗎？」

「對，平日每天都是早上十點工作到傍晚六點。因為我先生變成那樣之後，生活擔子也變重了。」

這句話說到後半，變成了低語聲。

「不過，如果平日都是的話……」

「沒關係。」

弓子打斷隈島的話。

彼此沉默了半晌。慶典樂曲的練習聲，微微傳向暮色盡掩的天空，隈島望著弓子的雙眼，一字一句慢慢說著，希望她能聽進耳裡。

「今天我就先回去了。不過，近日或許會再來向妳請教一些事，可以吧？」

弓子表情僵硬，不置可否的別過臉去。

「還有，我要拜託妳一件事。這天或許會有名年輕男子來找妳。妳絕不能搭理他。真的遇上時，絕不能開門，請馬上聯絡警方。不是打一一〇，而是打刑事課專線，或是我的手機。」

隈島朝名片上寫下手機號碼，遞給了她，弓子就像覺得很沉重般，雙手接下。

「我明白了。」

隈島伸手搭在弓子肩上，弓子倒抽一口氣，望向隈島。透過薄薄的罩衫布料，可以感覺出她纖細的肩膀相當緊繃。

「妳自己要多加小心。」

確認弓子進屋後，隈島才轉身走向樓梯。從門外走廊的角落，微微可以望見弓投崖和白蝦蟇海岸，在這片沉浸於黑暗中的景致底端，它們全化為黑白照片下的黑影。

他走下樓梯時，聽到一個聲音。

「——隈島兄。」

他驚訝地抬起臉來，發現公寓前方的巷弄裡停了一輛車，有個人搖下駕駛座車窗衝著他笑，是竹梨。

「你在這裡做什麼？」

「隈島兄，你擅自衝出警局後，課長吩咐我來。」

「來做什麼？」

「監視安見弓子，防範那個不良少年的弟弟展開襲擊。我問課長說，隈島兄八成也是去這棟公寓，我要和他會合嗎？結果課長說，他想自己幹的話，就放手讓他去做吧。」

「那可真該感謝他呢。」

尤其是這次情況特別。

「課長還說，因為那傢伙單獨行動，常帶回不錯的成果。我也很想試試單獨行動呢。」

「你不是向來都這樣嗎？」

「我這只是被搭檔的學長給晾在一旁。」

竹梨笑著說道，望向緣莊二樓。

「情況怎樣？」

「聽說目前沒什麼狀況，我也已經請當事人提高警覺。」

「隈島兄，你要去哪兒？」

「回警局。」

隈島雙手插進褲子口袋。右手仍留有剛才碰弓子肩膀時的溫熱。

「我有點事要調查。」

十一

代田一臉訝異的低頭望著隈島從口袋裡取出的採集樣本。

「……這毛髮是哪兒弄來的？」

「這我不能說。」

「那我不能幫你鑑定，因為若不按照正規的手續走，就不能使用機材。」

「這我知道，所以我才來拜託經驗豐富的你。如果是在鑑識課裡最受人信任的代哥，或許能巧妙的暗中幫我調查。」

他若無其事地灌了幾句迷湯後，代田嘴脣扭曲，面露痛苦的表情，看來是發揮效果了。

「這個嘛……也不是辦不到啦。」

刑事課的同事快步從兩人身旁走過。

「然後呢？只要拿這個樣本，和昨天掉落在那名年輕人命案現場的毛髮做比對，這樣就行了嗎？」

「對。現場似乎有幾種不同的毛髮掉落，但我想知道，當中是否有和這個樣本一致的毛髮。只要能知道這點就行了。」

「不好意思，我要下班回家了。我太太人不舒服，我得回去替我外孫女張羅晚餐。」

「那就明天早上吧，拜託了。」

代田的獨生女是個單親媽媽，去年因病過世，留下一個兩歲的外孫女，由他們夫妻收留照顧。

「這件事我只能拜託你了。」

隈島最後又推了一把，代田先讓他焦急了一會兒，接著才很刻意的嘆了口氣。

「那我就試試吧。」

等到代田的身影消失在走廊前方後，隈島這才一屁股坐向靠牆的長椅。他做了個深呼吸，頭兒低垂，十指交握。

疑惑和不安，幾乎占滿他的思緒，連一點縫隙都不留。

剛才在公寓的門外走廊上，當隈島提到，如果有年輕男子來找妳，要馬上聯絡警方時，弓子什麼也沒問。「年輕男子」指的是什麼人，她完全沒有要確認的意思，就只是應了一句「我明白了」。為什麼一點都不在意？要小心年輕男子，這麼模糊不明的一句話，為什麼她不想問個清楚？

她不自然的舉動，還不只這樣。

——因為怕冷。

那床羽毛被。

床上那鼓起來的東西。

「隈島，不好了，出紕漏了！」

急促的腳步聲走近。是剛才從隈島和代田身旁走過的那名刑警同事。

「怎麼了？」

「森野雅也逃走了！」

「逃走了？怎麼逃的？」

「你不是在偵訊室把他撞飛嗎？他一直嚷著說，當時撞向地面的部位痛得不得了，所以我們派年輕的同事陪同去醫院。結果他在診療時毆打醫生……」

十二

與隈島道別，關上大門的那一刻起，手腳就像從身上脫落般，一股虛脫感來襲，弓子就此癱坐地上。視野化為一片白茫，耳畔只傳來她夾雜著細微聲音的呼吸聲。此刻她清楚意識到，自己之前勉強苦撐的精神力，已達到極限。

——只要在那裡種下能長出白色花朵的植物就行了。

這種謊言，隈島相信嗎？

門外走廊的花盆底下，沾有紅黑色的血漬，不管用抹布再怎麼擦拭，都無法清除滲入水泥地的顏色。所以弓子才將原本擺在陽台的花盆搬往那裡，說那是十王還命會的建議，只是一時想到的點子。之前她將花盆擺在那個位置，正急著要進門時，剛好宮下那個女人來訪，於是便想出這個謊，如此而已。別說宮下給的建議了，事實上，就連宮下和她談了些什麼，她也都想不起來。宮下和她交談時，為了不讓對方看出自己內心的慌亂，弓子極力保持笑容，不管對方說什麼，都一味的點頭。只記得宮下說，她打算今後每天都到蝦蟇倉東隧道的那個地方供上鮮花。

——昨天傍晚前，妳人在哪裡？

隈島發現了嗎？

——剛才妳也說是去打工對吧。每天都同樣的時間下班嗎？

如果不是發現不對勁，不可能會這樣提問。

弓子扶著背後牆壁勉強站起身，她穿過客廳，走進昏暗寢室，來到窗邊。她伸手將窗簾掀開一道縫隙，把臉湊近，她看到巷弄裡停著一輛轎車。

那是刑警的車嗎？

「十九點三十六分……」

坐在轎車駕駛座的男子望向她的方向，兩人四目交接後，他往外探頭，朝她點頭致意。弓子急忙拉上窗簾，離開窗邊。

年輕男子的白皙手臂。她將棉被捲起來。男子變得僵硬的手臂，朝胸前彎曲，握著插在胸前的一支碳纖維箭桿的黑箭。他T恤前胸一片鮮紅，顏色已擴散到墊子和羽毛被背面了。

「我該怎麼辦才好……」

「我該怎麼辦才好……」

弓子跪在地上，齒牙打顫。手指像要一把抓住地毯似的，放聲哭泣。在嗚咽聲中，不時叫喚著丈夫的名字。

十三

七月七日，下午六點五分。

昨晚逃出醫院的森野雅也，現在仍找不到人，而他弟弟森野浩之還是一樣下落不明。蝦蟇倉警局調來全部的搜查員，全力搜尋這兩人的下落。像電玩遊樂場、速食店這類年輕人會去的場所，全都打聽過一遍，車站和公車站牌也都有刑警在站崗監視。也聯絡了各計程車行，請他們要是載到頂著褐色小平頭的年輕人，就馬上聯絡警方。這是森野兄弟共通的特徵。

但還是找不到人。

那位弟弟也許原本人就不在附近，隈島開始這麼想。森野浩之前去弓子的公寓找她，該不會是我自己誤會，打從一開始他就在另一個完全無關的地方？

不過，逃出醫院的哥哥，應該還在市內某處才對。

隈島在蝦蟇倉中央商店街，從南往北走了一趟，視線往周遭游移，搜尋森野雅也的身影。

七夕慶典從下午展開，商店街人山人海，好幾根掛著詩箋的大竹子，在道路中央排成一列，將人潮一分為二。頭上的拱廊頂端掛著華麗的燈飾，縱橫交錯，金色銀色的星星月亮懸掛在空中。忙著調整裝飾，看起來像志工的多位作業員，在路邊擺攤叫賣的攤販，一身浴衣裝扮的行人們，當然了，也有只是來買東西的客人。商店街的眾多商店都在店門前擺出特賣花車，招攬顧客。

——請你別再管了！

昨晚聽到弓子說的這番話，之後一直在耳裡迴蕩。

今天中午前，他已對弓子的證詞做完查證，發生殺人案的前天還有昨天，她確實都在商店街的超市「大平蝦蟇倉店」工作。不過，當隈島問到「她都沒中途離開工作崗位嗎」，弓子的同事們全都露出不置可否的表情。

她們都說不確定。

大平昨天和前天都在幫他們贊助的七夕慶典做準備，同時也為即將舉辦的店頭促銷布置忙得團團轉。比平時動員更多臨時工，一整天都在收銀台、賣場、準備慶典的場地間忙碌的來去。換句話說，就算有人途中消失，跑到別的地方去，大概也沒人會發現。

大平就位於這條南北狹長的商店街正中央，弓子總是騎自行車到店裡上班。

她和命案到底有沒有關係？就像猜疑心染上了失眠一樣，所有猜疑不斷在隈島腦中盤旋不去。

今天是星期六，弓子不用上班。剛才他聯絡過竹梨，竹梨說從早上到現在，都不見她走出公寓，目前也沒人上門拜訪。

隈島從褲子後方口袋取出地圖，整個攤開。是這個地區的自行車道地圖，在市公所、自行車出租店、警局裡，都會擺放這張地圖。雖然略嫌粗糙，但道路和海岸線的形狀都很準確地描繪出。隈島自行朝地圖補上緣莊的位置，他的視線從這個點開始，緩緩順著通往白蝦蟇海岸的縱向道路往上走，就像是照著自己心中的疑惑走似的，他的視線一再來回。

「不好意思，麻煩讓一讓。」

身穿印有商號的短外衣，露出雙腳的男子朝他走近。大聲催促隈島和周遭的人們離開所在的位置。跟在男子背後的一座大山車[2]，上面載著用來演奏慶典樂曲的高台，但目前上面空蕩蕩，還沒有演奏者。六點半開始正式上場，眾演奏者會坐上高台吹笛打鼓，一面奏出熱鬧的音樂，一面在商店街從北到南緩緩行進，花上一個小時的時間。

手機響起，螢幕上顯示的是市內的電話號碼。

「我是隈島。」

「是刑警先生對吧？我是青木汽車的青木。」

「啊，今天早上謝謝您。」

今天上午，在超市打聽完消息後，隈島到市內的各家修車廠逛了一圈。青木汽車就是其中一家。

「您說的那件事，我現在明白了。真的就像刑警先生您說的。」

隈島的肋骨內側撲通一跳。

「這麼說來，我詢問的事真的有對吧？」

「我問了店裡的小夥子，結果當中有一個人還記得，確實是五月中旬時接過這樣的電話。對方說要訂購白色的方向燈外罩，要我們宅配寄送。」

「後來真的寄出了嗎？」

「對，寄出了。」

「那位客人多大年紀？」

「大致和您說的年紀差不多。」

隈島不自主的閉上眼睛。

2. 在日本的節日祭禮中登場的巨大彩飾花車。

「不過刑警先生，這應該和什麼離奇的案件無關吧？我店裡的小夥子有點擔心……」

隈島保證不會給對方店裡惹麻煩，就此結束通話。周遭的喧鬧聲重新浮現，連同熱氣包覆他全身。

那應該就沒錯了。

「不，還沒完。」

他刻意如此說道，重新握緊手機，還得確認一件事才行。

他打電話回警局，請人轉接代田。詢問昨天毛髮檢驗的結果後，代田以事不關己的口吻應道：

「哦，那個啊。剛剛知道結果了。」

代田說出自己查驗的結果，內容只有寥寥幾句，那就是隈島提供的樣本，與前天在殺人現場採集到的一根毛髮吻合。一聽聞這樣的結果，隈島心中的疑惑馬上轉為確信。

他掛上電話，手伸進西裝口袋，取出他從弓子家中的垃圾桶撿來的香菸盒。

他站在人群中，朝香菸盒注視良久。

十四

同一天的晚上七點零七分。

「在八月前會搞定她的。」

宮下志穗坐在廂形車的後座，嘴角輕揚。

「您是說安見弓子嗎？」

手握方向盤的奉獻部的下屬吉住，透過後視鏡望向她。宮下邊點頭，邊拂去沾在她緊身裙上的黃菊花瓣，剛才她才去白蝦蟇海岸的隧道供上新的花束。

「沒錯，就是她。等新盆[3]到來後，和尚會在法會上對她洗腦，所以得趕在那之前讓她入會。」

3. 人死後的第一個盂蘭盆節。

「送花束奏效了嗎？」

「從昨天的感覺來看，似乎是成功了。」

宮下昨天說，她接下來每天都會到事故現場供上鮮花，當時安見弓子露出笑容。雖然笑得有點僵，但那應該是困惑和喜悅夾雜的笑臉。宮下長期在十王還命會奉獻部從事拉人入會的工作，依她的經驗判斷，安見弓子很可能過沒多久就會入會。有陌生人想和自己分享緬懷死者的心情，死者家屬對此展現的反應可清楚地分成兩種。一是高興，一是不悅。以弓子來說，肯定是前者。

「前面就是那棟公寓了，今天您要順道過去看看嗎？」

廂形車轉進白蝦蟇海岸岔出的馬路，往南而行，左手邊逐漸可以看到緣莊。

「今天就算了，請直接返回分部。連三天前往拜訪，往往會造成反效果。基本上，就跟跳格子一樣，要跳、跳、踩。」

拜訪、拜訪、等反應。拜訪、拜訪、等反應。這種做法最有效率，這是宮下的理論。

「經過公寓時，要盡量快點通過。如果被她看到，就變成跳、跳、跳了。」

「如果只是被看到，那應該算是跳、跳、卡吧？」

「說得也是，卡住的卡。」

兩人哈哈大笑，這時緣莊的外牆已出現在前方的暗處，吉住踩下油門，廂形車速度加快，引擎聲提高，周遭景致迅速向後流逝。宮下蹺著腿，放鬆的倚向椅背，但正準備從緣莊前面通過時，擋風玻璃右側突然出現一道人影，隨著一陣衝撞的悶響，被彈往黑暗中。吉住急踩剎車，輪胎響起一陣摩擦的尖銳聲響，他身體往前傾，安全帶緊緊勒住他的胸口。那人影被撞開，接連滾了好幾圈，單手握著的東西飛向空中，車子陡然停下後，某個東西無聲的落向昏暗的地面。

時間是晚上七點零八分。

十五

森野雅也環視四周，走在蝦蟇倉中央商店街。

眼前這些笑嘻嘻的享受慶典的傢伙，他很想把他們全都宰了。

昨天晚上毆打醫生，逃出醫院後，他什麼也沒吃。但完全不覺得餓，肚子因不安而冰冷鼓脹。

他在街上四處逃竄的這段時間，多次看到模樣像刑警的人物，現在一定有大批人馬在找他。兩個小時前，他心想，混在人群中比較不顯眼，就這樣混進這條商店街。

他以手機確認時間，得知現在是晚上六點五十八分。在慶典樂曲的喧鬧聲下，森野雅也再次撥打弟弟的手機。

「媽的……」

還是打不通，似乎沒開機。

——一定是這樣沒錯，是我們殺害的那個男人的太太幹的好事。

阿浩對於遭殺害的阿尚，真的是由衷景仰。

——我要報仇。我這就去那棟公寓，宰了那個男人的太太。

昨天下午，阿浩奪門而出，露出情緒失控時的兇狠眼神，臉部表情緊繃，就像有人將他的臉皮往上拉扯般。他當時沒阻止阿浩，他想讓阿浩放手去做，不過他其實很害怕。去年他們兄弟倆大打出手，他明明已經都站不起身了，但阿浩卻渾然未覺，仍對他死命的拳打腳踢，實在可怕。事後阿浩低頭看著被自己打得體無完膚的哥哥，露出無比驚訝的表情，有這樣的弟弟令雅也很害怕。昨天阿浩奪門而出後，他仍舊坐在地上沒動。應該追上前比較好，應該勸阻他比較好，不過，阿浩說要宰了那個男人的太太，這也許不是說真的。其實他可能只是要恐嚇她，朝她咆哮，逼她坦白說出是她用石頭砸死阿尚的事，要她下跪道歉。之前刑警前來將他帶往警局時，他正在想這件事。

「你到底是怎麼了，阿浩……」

弟弟不太可能還沒到那棟公寓。阿浩向來只要一失控就會馬上惹事，昨天他衝出家門後，應該是直接前往緣莊才對。他絕對是去過了，這點雅也很清楚，就是因為清楚明白，所以昨晚從醫院逃脫後，他也全力往緣莊奔去。雖然有一大段距離，但他一路上完全沒停，不過他根本沒辦法靠近那棟建築，因為有輛車停在巷弄裡，看得出車內坐著一名男子。他應該也是刑警吧。阿浩前往公寓的事，那個叫隈島的刑警已經知情，所以肯定有其他刑警提防阿浩來襲，在那裡監視。

這到底是怎麼回事？弟弟應該是去過那棟公寓，但那裡卻有刑警在監視，就像阿浩還沒現身過似的。如果他還沒去過公寓，那為什麼打電話聯絡不上他？傳簡訊也都沒顯示已讀？

「該不會被做掉了吧……」

難道是前去尋仇，結果卻被反將一軍？對方雖然是女人，但如果持有兇器這也不無可能。難道是弟弟被那個男人的太太制伏，身受重傷無法動彈，現在被囚禁在那棟公寓裡？監視那棟公寓的刑警根本不知道這件事？有這個可能。不，非但有可能，可能性還很高。越想越覺得只有這個可能。

「去確認一下就行了……」

他抬起臉來，那裡正好是位於商店街中央的位置。在一群身穿浴衣，開朗歡笑的人們身後，可以看見大平蝦蟇倉店的看板。

「去確認一下就行了。」

他一路上撞向行人的肩膀，朝那家超市走近，朝擺在店門口的花車瞄了一眼，最右邊的花車販售小五金。

「歡迎光臨！」

他從花車裡拿出一把包裝好的菜刀，不發一語地遞給中年的女售貨員，對方也沒確認他的長相，直接就放進塑膠袋裡。他付完錢，離開花車，在走遠的同時，轉頭瞄了一眼，正好與那名中年的女售貨員四目交接，他急忙別過臉去。走了幾步後，他再次轉頭，發現那位售貨員對一名像是上司的男子不知在說些什麼。兩人同時轉頭望向他，男子繞過花車朝他走近。

「媽的……」

森野雅也撞開身旁的情侶，邁步飛奔。附近響起尖銳的竹笛聲，一座大山車一面演奏慶典樂曲，一面從超市前通過。他超越那台山車，全力飛奔，就這樣跑到商店街南端，只要左轉，便可來到公寓前的巷弄。

「阿浩……」

要是你被抓了，我會救你。他將塑膠袋和包裝紙扔向地面，直接將握在手中的菜刀藏在腹部的T恤裡。他一面迂迴避開擋住去路的人群，一面把人撞開，向前飛奔。邁不開步伐令他感到焦躁，只有焦急跑在他前頭，耳內一直傳來阿浩的聲音。

——我要報仇。我這就去那棟公寓，宰了那個男人的太太。

——殺害尚人哥的兇手，一定是那個男人的太太。

——我要替尚人哥報仇。

有個聲音蓋過阿浩的聲音傳來，是刑警說的話。在偵訊室裡突然一把揪住他前襟，將他撞飛的那位姓隈島的刑警，他說了一段話。

——告訴你一件重要的事吧。

刑警俯視倒在地上的他，接著說道。

——你們完全搞錯了。

我真是個笨蛋，我們都是笨蛋。

——轎車的那位駕駛根本就沒死。

因為我們都不看報，因為我們都不看新聞。

——死的是坐他身旁的四歲兒子，名叫直哉。

車子前座被嚴重壓垮，從外面看不到遺體。由於使用兒童座椅，所以要是早點叫救護車，那孩子就有可能保住一命。

——你們想殺害的那個人，現在雙眼失明，在家中持續療養。

一切都太遲了，現在我能做的，就只有找到弟弟。他一面跑，一面在喉中發出低吼。死命地邁步飛奔。

他藏在T恤底下的手，緊緊握著菜刀的刀柄。

十六

隈島呆立在商店街中央。

笛聲和鼓聲越來越響。載著慶典樂曲演奏者的山車逐漸靠近。我到底在做什麼？站在這種地方六神無主，打算撐到什麼時候啊？明明已經知道自己該做的事是什麼。現在明明應該馬上趕回緣莊，逼問安見邦夫才對。

他瞪視著手中的LARK香菸盒。

之所以從弓子屋內的垃圾桶撿起這個香菸盒，目的是為了上面的毛髮。

因為他看到LARK的香菸盒旁，有一根混雜在灰塵中的毛髮，比弓子的毛髮粗，也比較短。那是安見邦夫的毛髮。

這樣本與命案現場採集到的毛髮吻合。

不會有錯了。

但隈島卻沒展開行動。要他前去敲緣莊的房門，請安見邦夫說明，他實在辦不到。他當了十幾年刑警，但有更長的時間，他當的是凡人。

安見邦夫最後看到的，是一群年輕人的臉孔。分別是RV休旅車的車主梶原尚人，以及森野雅也和森野浩之兄弟。四月五日晚上，這三名年輕人因為開車的梶原尚人不小心，造成安見邦夫的車禍事故。梶原尚人為了隱匿事故，竟想殘殺一息尚存的安見邦夫，一再讓他的臉撞向方向盤，其他兩人就只是旁觀，沒加以阻止。他們完全沒發現前座底下，安見直哉那即將斷氣的嬌小身軀。

如果換作自己是安見邦夫的立場，應該也會做出同樣的事情來吧。隈島無法否定這樣的想法。不管是用什麼手段，他自己肯定也會對這幾名年輕人抱持幾欲全身著火的熾烈殺意。

他在腦中依序想像安見邦夫所做的事。

安見邦夫打電話給青木汽車，請他們送白色的方向燈外罩到家裡來。那是五月中的事。之所以選中青木汽車，可能是他打電話給一〇四查號台的接線生，跟對方說，只要是市內的店就行，哪一家都可以，於是接線生告訴他手中資料排在前面的店家電話。隈島已確認過，青木汽車在電話簿裡是排在前頭。

安見邦夫用取得的方向燈外罩設下陷阱，這對他自己來說，也是個危險的陷阱，也許他早已作好心理準備，就算同歸於盡也無所謂。他幾乎每天都挺著眼盲的身子，前往隧道出口，將外罩的碎片放在命案現場，等候對方現身。可能他就躲在那長長的芒草和加拿大一枝黃花的草叢中，他一定完全沒考慮這成功率有多低，他就只是想用自己有可能辦到的手段來向對方復仇。從緣莊到隧道只有一條路，在這條路上往返，對失明的安見邦夫來說，也不是不可能的事。

而對方最後終於上鉤了。駕駛ＲＶ休旅車的梶尾尚人認為那路邊的碎片也許是他車上掉落的，就此停車撿拾。而當他準備回車上時，遭安見邦夫殺害。用來當兇器的石頭，應該是安見邦夫裝在袋子裡帶來的吧。石頭之所以能命中對方頭頂，可能是因為那名年輕人頭上抹的整髮液氣味吧。失去視力的安見邦夫，嗅覺應該變得很敏銳，也許他自己也沒料到一擊就能收拾對方的性命，但他肯定知道對方頭部所在的位置。

他難道沒考慮到認錯人的可能嗎？這是隈島納悶的地方。同時也是最令他感到可怕的部分。只憑氣味就判斷對方是梶尾尚人，並加以殺害，如果對方只是碰巧用同樣整髮液的其他人，那會有什麼後果？

「他會不會說了什麼……？」

被殺害前，梶原尚人有可能發出聲音。他在命案現場說了些什麼？而聽了他的聲音後，安見邦夫確認他就是將自己推落地獄的人，就此將石頭砸落。

昨天在緣莊看到的光景、門外走廊的花盆、取下蓋子的箭筒、零亂的箭羽射箭練習用的箭並不鋒利，但以男人的力量，還是足以用它將人刺死。昨天下午，森野雅也的弟弟森野浩之來過緣莊，他搞錯報仇對象，找上了弓子，就在弓子外出打工的時間。不知道當時安見邦夫是否馬上就開門，不管怎樣，門內掛著門鍊的可能性很高。由於室內沒有打鬥痕跡，所以研判森野浩之並未進入屋內。安見邦夫一認出站在門外的人，就是他憎恨的那三個男人的其中之一後，馬上抄起擺在屋內角落的箭，站向門口。在掛著門鍊的狀態下開門，從門縫間刺出手中的箭。得知對方喪命後，將遺體拖進室內。

還有寢室那張床。

昨天安見邦夫睡的床，明明是夏天，卻蓋著厚厚的羽毛被，那床被高高地鼓起，只睡一個人卻鼓得這麼高，實在很不自然。隈島只看到安見邦夫的臉，但羽毛被下還藏著某個巨大的東西，那就是森野浩之的身體，被碳纖維的箭刺死的屍體。將他藏在床上的人或許是弓子，也可能是兩人合力所為。昨天隈島前往拜訪，說要到屋內問一些事，當時弓子說她先去收拾一下衣物，就此把門關上，等了一陣子。如果想趁那段時間將遺體搬往床上，是有這個可能。

隈島其實是昨天才開始懷疑安見邦夫，當他看到公寓內的醬油瓶時，即使打翻也不會灑出的醬油瓶，看起來才剛買不久的醬油瓶。這原本就不是會頻繁更換的物品，尤其是在這種時候，會去買新的回來嗎？當他如此思忖時，這才發現這醬油瓶是為了看不見的安見邦夫特地買的。失去視力的人，有很多事還是能自己做，隈島重新意識到這點。

所以他才確認弓子平時不在家的時間。她平時從早到晚都會外出打工，也就是說，這段時間她丈夫在做些什麼，她無從得知。就算安見邦夫每天都到隧道出口設陷阱，殺了上鉤的梶原尚人，她也不會知道。就連昨天森野浩之到公寓來的時候，她人應該也在打工的地方。

在慶典的喧鬧中，隈島緊閉雙眼。他握有的消息，還沒跟搜查本部共享，現在只有他發現安見邦夫可能是兇手。他想保持沉默，就這樣裝不知道，但身為刑警，不容許他這麼做。此刻他很想辭去刑警的職務，過去從沒有過這樣的念頭。

不久，隈島做出了結論。

在和搜查本部共享這些消息前，他要先獨自和安見邦夫談談，確認此事的真偽，確認自己的推測是否正確。如果正確，他會馬上聯絡本部；如果他猜錯，一切全是他自己的幻想，那自然最好。他會繼續絞盡腦汁，展開搜查。

為了避免自己改變心意，隈島準備就此邁步離開商店街，就在這時——

「那個人怎麼回事啊。」

某處傳來一個聲音說道。

接著又傳來另一個聲音。

「那傢伙手裡拿著菜刀耶？」

「不會吧，拜託。」

周遭的喧鬧聲瞬間停止，隈島腦中突然一陣空白，接著，森野雅也的臉放大浮現在空白中。他從醫院逃脫後，沒能和弟弟取得聯絡，有可能打算就此前往緣莊。隈島環視四周，載著慶典樂曲演奏者的山車擋住他前方的視線，隈島撥開人群，山車後方可以望見大平的看板。要前往緣莊，只要來到商店街南端後往左轉，十分鐘左右就可抵達。但考量到如此擁擠的人群，可能會花上一倍的時間。也許先離開商店街，在巷弄裡跑還比較快，雖然距離多少會拉長，但時間有可能縮短。他在思考的同時，已穿過山車背後，衝進巷弄。

他一隻手仍握著那個LARK香菸盒。

十七

「十九點零四分。」

女性的合成音微微響起。

邦夫以盲人用的手錶確認時間。

「我會去警局說明一切。」

邦夫坐在床邊，弓子跪在他面前，雙手抓著丈夫的襯衫。那具年輕男子的遺體，昨晚已搬下床，躺在房內角落，靜靜望著天花板。

昨晚邦夫向弓子說出一切，兩人自從發生那起不幸的事件後，這還是第一次好好交談。丈夫受到那群年輕人殘酷的暴行，就此眼盲，並失去獨生子直哉（直哉才剛上幼稚園中班）。自從知道兒子過世後，邦夫完全變了個人，雖然一樣是丈夫的外貌，卻變成一個冰冷、看不出內在的另一個人。不管弓子怎麼和他搭話，他總是回她一句：「讓我一個人靜靜。」邦夫對弓子說，我得自己一個人適應看不見的生活，對現在的我來說，獨自生活是很重要的事。

弓子也不能幫他什麼，只好順從邦夫說的話。丈夫什麼也看不見，很令她擔心，但她還是決定平日從早到晚都要出外打工。然而，邦夫想獨處的原因，根本不是要適應生活。

「我要是能明白你的感受，陪在你身邊的話，就不會……」

「這不是妳的錯，妳一點都沒錯。」

丈夫閉著眼睛如此應道。下巴微微往上抬，臉整個顯露在天花板的照明下，聲音就像從縫隙裡滲出的風一樣，沒半點厚度，既沒情感，也沒溫度。

「這是我自己的決定，也是我自己一個人幹的，所以我要堅持到最後。」

弓子全身的血氣就此抽離，她倒抽一口冷氣，拉緊丈夫的襯衫。

「堅持到最後……？」

邦夫任憑亮光照向他的臉，噘起僵硬的上唇。

「要是就這樣結束，就沒意義了，不是為了我，而是為了直哉。那三個人奪走直哉的性命，而那三個人當中，有一個人還活著。」

「邦夫，別再繼續下去了……」

「我現在在想，要用什麼方法才好，應該會有什麼方法行得通才對。」

弓子連呼吸都在顫抖，抬頭仰望丈夫的臉，只見邦夫緩緩噘起嘴，下巴往內收，整張臉覆上一層暗影。

「有了，花。」

「你在說什麼？」

「那個宗教團體不是說會為直哉供上鮮花嗎。我剛才在想這件事情時，突然想到個點子。我只要在同樣的地方等候就行了，這麼一來，最後那個人或許也會來。他也許會帶花來祭祀同伴，就在他同伴被殺死的地方。」

邦夫推開弓子，站起身。

「我這就過去，在那個地方等最後一個人前來。要是有人出現就跟對方說話，每次有人出現就這麼做，一再持續，直到那名年輕男子出聲回答為止。」

邦夫雙手抬至胸前，準備離開寢室。弓子抱住他身後，丈夫一個轉身，將她撞開。丈夫就此走出寢室，朝客廳的角落走去，從L形櫃後方的箭筒裡拔出一支箭。

「你又要用它……」

弓子再次想抱住丈夫背後，但邦夫迅速一個轉身，手中的箭往下揮落。只聽得一道劃破空氣的銳利聲響，弓子感到右肩一陣劇痛，就此跪倒在地上。

「妳要是阻止我，我絕不饒妳。」

邦夫背對她，走向玄關。弓子想站起身，但膝蓋一軟，在撐起身子前，已先往下沉。邦夫已走出門外。弓子急促的呼吸，極力在地上展開爬行，她勉力抵達玄關，伸手構向門把，抓著門把撐起全身。

「邦夫！」

她朝昏暗的巷弄叫喊，從扶手上探出身子。傳來一陣刺耳的剎車聲，當中還傳來一聲悶響。一道人影跌落昏暗的地面，他握在手中的東西，像是要緊跟他的身影般，也跟著滾向柏油路面。

在路旁嚴重扭曲的身體，已不再動彈。

遠方仍傳來慶典樂曲。

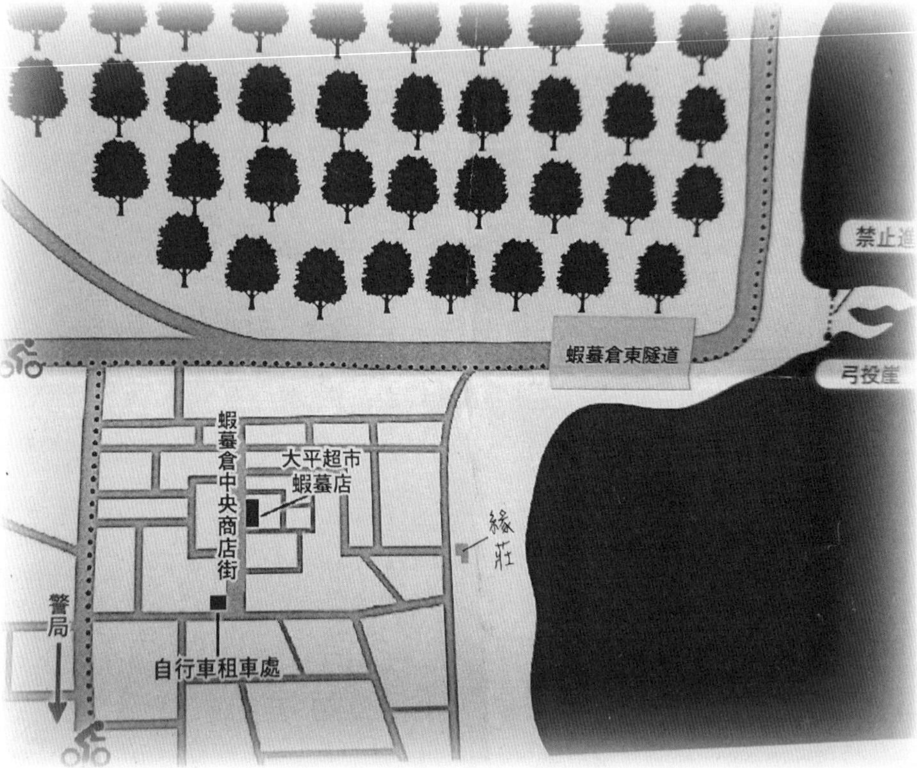

禁止進
蝦蟇倉東隧道
弓投崖
蝦蟇倉中央商店街
大平超市
蝦蟇店
緣莊
警局
自行車租車處

第二章

不可以告訴別人那件事

その話を聞かせてはいけない

DO NOT

一

為了讓塞在短褲口袋裡的辣椒不會太顯眼，珂以屁股往後翹的姿勢走在店內。超市「大平白澤店」幾乎跟學校的體育館一樣大，店面稱不上占地寬廣，但感覺出口無比遙遠。

一旁的店員大嬸正忙著將罐頭上架。

大嬸突然停下手中的動作，轉頭面向珂。她的鼻和口都被口罩遮蓋，只露出一對像警察般犀利的眼睛。在她的視線投射下，珂全身冰冷，但唯獨裝有那袋辣椒的右邊口袋感覺灼熱猶如火燒。大嬸看的不是珂的臉，而是他的頭。一頂紅豔的毛線帽，是母親的帽子。珂出生前，母親在湖北省老家拍的照片裡，同樣戴著這頂帽子，而珂五歲那年，一家三口抵達羽田機場時拍的紀念照裡，母親同樣戴著這頂帽子。而五年後的現在，除了夏天之外，外出時母親總是戴著它。偷借這頂帽子出來戴，或許是一大失策，雖然顏色已經嚴重泛黑，但還是很顯眼。自己現在看起來不知道是什麼樣子？從短褲露出像牛蒡般瘦長的雙腿、袖口嚴重髒汙的夾克、頭上戴著紅色的毛線帽，這頂帽子和現在放他口袋裡的那袋辣椒一樣，是不可或缺的重要之物。

他雙手插著口袋，繼續翹起屁股往前走。那位大嬸終於別過臉去，轉身望向商品架。從她身後走過時，珂很擔心自己矮小的身軀會微微帶起一陣風，而辣椒的氣味會混雜在風中，傳進那位大嬸鼻中。於是他毫無意義地閉住呼吸，從大嬸背後走過。大嬸什麼也沒說，也沒轉頭看他，還差幾步就到出口了。他從旁繞過五台收銀機——就差一點點了。他從宛如蜈蚣般相連的購物車旁走過，穿過自動門，他不自主地加快腳步，一旦加快後，接下來只會越走越快，待回過神來，珂已在巷弄裡奔跑了起來。他像老鼠一樣在街角轉彎，接著又轉了個彎，來到筆直的道路後，這才停下腳步，望向背後。

沒有大人追過來。

他有生以來第一次偷東西，看來似乎是成功了。

在遼闊的冬日天空覆蓋下，珂再次邁步向前。這事還沒完，他得再取得一樣東西才行，那是被同學刻意踩斷的紅藍兩色鉛筆。他不敢向父母坦白說出此事，但又不能扯謊說是自己折斷或是弄丟，幾經苦惱後，他決定下手行竊。因為沒零用錢，所以全部得靠自己想辦法取得，包括被踩斷的紅藍兩色鉛筆以及辣椒。

說到辣椒，父母開的中華料理店，廚房裡多得是。紅藍兩色鉛筆也是，因為剛好斷在中間，可以紅藍兩色分開來使用。但要是父母問他要辣椒做什麼，他沒辦法回答，而全新的紅藍兩色鉛筆，則是為了不讓自己感覺更加悲慘，有這個需要。

逐漸可以看到位於巷弄左側的文具店。這裡跟他家一樣，一樓是店面，二樓是住家。店家的入口是玻璃拉門，拉門前方有車庫，一輛髒汙泛黑的白色廂形車露出車頭。

這家古闆文具店的店名，可能念作「こせき」，也可能念作「ふるせき」。珂以前曾來過這家店兩次。一次是母親到這裡買店裡用的收據。另一次就不記得了，好像是買其他東西。兩次他都跟著走進店內。地板和天花板都很老舊，木頭做成的收銀櫃台後面有個小房間。母親帶他來的那兩次，分別是夏天和冬天。夏天時，小房間裡吹著電風扇，冬天則是擺出暖桌，那兩天都有一位長著一張圓臉，眼神很慈祥的老奶奶靜靜的坐著。當時看到那位老太太宛如佛像般的模樣，或許就是今天他選這家店下手的原因。雖然父母總是教導他，對長輩要尊敬。

他無力的低垂著頭，兩眼望著地面，朝那家店走近。就像浮雲遮蔽太陽的時候一樣，他心中也逐漸轉為暗淡的顏色。

他突然感覺到某個視線，就此停下腳步。

在朝對方望去之前，他早已猜想到。

往巷弄右側延伸的道路，路旁有個鎮上的告示板。塑膠外罩已出現裂痕的老舊告示板。有人站在告示板旁。

仔細一看，果然是那個傢伙。

瘦得像紙片般的身軀，看起來就像洗好的衣服浮在空中一般。垂放在兩側的白色衣袖不住搖晃，和風吹無關。不能看他的臉。看了就完蛋了。珂就像全身麻痺般，肺部受到擠壓，不自主的從喉嚨逸洩出呻吟聲。他緊緊咬牙，右手伸進口袋裡，緊握那一袋辣椒。

「**滾出去！**」

那傢伙的身影微微變得模糊。

「**滾出去！滾出去！滾出去！**」

那傢伙喃喃自語，接著整個身子往一旁滑動，消失在告示板後方，告示板下方只看得到兩根支撐告示板的桿子。

他鬆開緊握辣椒袋的手，轉身面向文具店。

將玻璃門拉往一旁後，門發出卡啦卡啦的輕快聲響。店內沒有客人，不，收銀櫃台旁有個男人的背影。他的姿勢很不乾脆，給人的感覺，像是正準備要走向櫃台後方的小房間，卻又就此停住。年紀應該比爸爸還大吧，穿著一件褐色的皮夾克，這件穿舊了的皮夾克，上頭浮現許多細紋，就像動物的皮膚一樣。男人轉頭以宛如割痕般的細眼望向珂，但他旋即把臉轉回，又恢復原本那很不乾脆的姿勢。珂從他身旁窺望裡頭的小房間，裡頭有一張暖桌，暖桌前面微微可以看見一雙橫擺的腳、褐色的厚襪。除此之外，全都在牆壁後面，看不見。那位老闆娘似乎是伸長了腳坐在牆壁後面，或者是躺著。

為什麼不進到暖桌裡呢？

男子就只是這樣站在原地，沒有要向老太太叫喚的意思，他那皮夾克的後背，正悄悄打探珂的動向。不，或許只是珂個人感覺，他感到口乾舌燥，轉動眼珠觀測四周。在伸手容易拿到的地方，擺了許多兒童用的文具，香味橡皮擦、蠟筆、兒童用剪刀和尺，放筆記文具的層架在……

在那兒。

那個層架位於櫃台右側，就在男子身旁。

珂朝那裡走近，層架邊以棉線垂掛著一本試寫用的記事本，有人以難看的字跡在記事本上寫著「ＢＡＫＡ」[4]，這是珂的綽號。

他的全名是馬珂，他原本並不知道這名字在日本念作ＢＡＫＡ。珂出生時，替他想出這名字的祖父，以及認為這名字很棒的父母，也都不知道這件事。「珂」的意思是美麗的白玉，這白玉象徵對家人的愛，它擁有特別的力量，能加深自己與重視的人之間的情誼；而「馬」在中國也是常見的姓。這兩個字擺在一起，竟然會成為日語的ＢＡＫＡ，這根本無法想像。

4. 日文的バカ，笨蛋的意思。

筆記文具的層架和其他一樣，都是上下兩層，看得到上層擺了一排紅藍兩色鉛筆。就位在有卡通角色的自動鉛筆與類似的原子筆中間。

珂站在層架前。

那個男人沒望向他，但他們的距離很近，珂的腋下冒汗，腦袋變得像鉛球一樣重，於是他低著頭。地上掉了一支原子筆，有一半藏在層架的底腳後，珂蹲下身撿起那支筆，觸感堅硬，表面無比光滑，感覺小孩子不該摸，這讓他想起曾經在電視上看過一把老舊的法國手槍。他目光移回層架，下層擺了好幾支同樣的原子筆。透明的壓克力筆架上貼有標價，上頭寫著一支一百日圓，但應該是搞錯了吧。它看起來應該是值五百日圓或一千日圓才對。

他將撿起的原子筆放回原位，男子看到他的行為，也許會對他說，你做了件善事，那我買樣商品送你吧。他對此略感期待，但男子還是一樣沒轉頭望向他。**沒望向他**。

珂抬起頭，朝紅藍兩色鉛筆伸手。

但他旋即又把手縮回。

不是因為害怕而收手，而是因為他個子矮，搆不到上層的商品。如果搆不到，就算想偷也偷不著。而向那個男人或是老太太說「請幫我拿那個」，然後再行竊，這更加不可能。失望和安心感滲進全身，珂像萎縮的氣球一樣吁了口氣，低著頭往後轉，就此朝門口走去——那到底是什麼？

珂走出店外。

但走了幾步後，他就此停住。

剛才看到的東西全混雜在一起，在他腦中旋繞。

模樣古怪的男人；穿著襪子，從暖桌前面露出的雙腳；在容易拿到的地方擺放的蠟筆、香味橡皮擦、兒童用剪刀和尺；看起來很高級，卻只要一百日圓的原子筆；在手搆不到的地方擺放的兒童用筆記文具；最後他瞄到的地上紅色汙漬。

他一顆心撲通撲通直跳。在幼稚園和學校，大家向來都嘲笑他是「ＢＡＫＡ」，但他一點都不笨。他自認很聰明，對此頗有自信。他很快便聽得懂日語，考試的題目也都會。

心跳聲越來越響，有個冰冷之物從雙腳爬向腹部——但眼底一帶卻變得越來越明亮。

他望向四周，沒感覺到那傢伙的存在，應該是拜媽媽的毛線帽以及口袋裡的辣椒之賜。不，不對。珂心裡明白，當他像這樣抬頭時，那傢伙絕對不會出現。他只有在珂垂頭喪氣時才會現身，例如上學的路上、從學校返家的路上、靜靜等候午休結束的時候、想主動對同學說話時，在胸口與喉嚨間不斷來回，但最後什麼也說不出口，就只是將營養午餐往肚裡嚥的時候。那傢伙總是站在巷弄轉角、校門外、其他年級在上體育課的操場角落，晃動他白色的長袖。

聽到短促的一聲「刷」。

聲音來自後方。轉頭一看，文具店的玻璃門上浮現一個像圖案的東西。不，那是窗簾。似乎有人關上屋內的窗簾，他豎耳細聽，但什麼也聽不到。他朝玻璃門走近一步，再一步，再一步。因為拉上窗簾，看不見裡頭，但窗簾的長度搆不到地面，還留有約兩公分的縫隙。

他確認道路前後，發現還是一樣沒人行走。

他迅速趴向地面，左臉頰貼向冰冷的柏油路面，剛才那名男子人在櫃台裡，正弓著身子。有暖桌的小房間，正好是剛才看到穿著襪子的那雙腳的位置，男子單膝跪向榻榻米，他的手被牆壁遮住，看不見，但從動作來看，似乎不是在做什麼精細的作業，而是處理一個很大的物體。他不時會膝蓋離地，全身向前挺出，或是像螃蟹一樣橫向移動，然後又回到原位。不久，男子突然朝他所在的方向轉頭，珂嚇了一大跳，急忙向後躍開。

耳內響起一陣刺耳的聲響。

腦中清楚地浮現畫面，那是珂走進文具店前的畫面。男子打開玻璃門，走進店內，老太太從屋內走出。兩人簡短交談了幾句，男子突然攻擊老太太，老太太想逃。男子從後方抓住她，老太太掙扎，其中一人一把抓住筆記文具的層架，打翻了它。男子取出刀子，刺進老太太胸口。老太太跌在地上，全身抽搐，身體往左右扭曲，很快便不再動彈。男子將老太太的屍體拖進小房間裡，讓她躺在暖桌前，接著返回店內，將翻倒的層架恢復原狀。他想將散落地板的筆記文具重新擺好，但不記得原本的擺設方式。其實要和其他層架一樣，兒童用的文具擺下層，大人用的文具擺上層，非得這麼擺放不可，但他不懂這個道理，錯把兒童用的文具擺上層，大人用的文具擺下層。連不同的商品原本是放哪個筆架也不記得，一樣只能隨便亂放，所以才會將高級原子筆放進標價一百圓的筆架裡。後來男子想對老太太的屍體善後，但這時珂走進店內，男子就這樣站在小房間前面，靜靜等候這名礙事者離開。等了一會兒，珂走出店外，男子開始用一大塊布裹住老太太的屍體，接著扛起屍體，走向小房間裡。那裡有一扇通往車庫的門。之前來店裡時，珂曾經見過。男子扛著用布包裹的屍體，穿過那扇門，打開那輛骯髒泛黑的白色廂形車的滑門——

傳來一陣像低吼般的聲響。

那顯然是打開車子滑門的聲響。

珂花了幾秒的時間才明白那是真正的聲響，與想像中看到的無聲影像，沒有半點時間差，在同樣的時機下傳來真正的聲響。

他迅速移動腳步，身子緊貼店家牆壁。廂形車從前方的車庫露出車頭，車身與牆壁間有一道狹長的陰影處，他緩緩將上身往陰影裡靠，從牆邊探出左耳，接觸陰影內冰冷的空氣，順便左眼也往陰影前方窺望。有東西在蠢動。

剛才那名男子抱著一個用毛毯包裹，形狀細長的巨大東西。他將那東西往後車座塞，車身微微搖晃。滑門被拉回原處，男子的臉轉向珂這邊時，他急忙將上身往後收。

大概沒被瞧見。

他轉身就跑，衝進巷弄的轉角，身子緊貼牆壁。傳來駕駛座關上車門的聲響，發動引擎的聲響，引擎聲越來越大聲——廂形車就這樣從他面前駛離，以不適合這種狹窄巷弄的高速行駛。離去時，在短暫的瞬間，他看到坐在駕駛座的那名男子的側臉。整個人就像靠在方向盤上一樣，顯得殺氣騰騰，雙眼往上挑，就像祖父說的妖怪一樣。

二

珂就像在夢遊般，一路走回家。

鞋底下感覺不到地面的觸感，就只有街上的景象不斷從臉部兩側流逝。

怎麼辦？怎麼辦？怎麼辦？——也許我的想像是真的，也許我真的想像出真實的事情來了。

過去他的想像從來沒成真過。晚上躺在被窩裡，以及獨自度過的學校午休時間，他所做的想像都沒成真過。例如，如果從明天起，學校開始上中文課的話……如果上課上到一半，老師露出不安的神情，向珂請教中文怎麼說的話……如果下課時間，大家為了學中文，而在他課桌前大排長龍的話……如果電視節目介紹他父母的店，變得生意興隆的話……如果賺進大把鈔票，店面變得又大又漂亮的話……如果搬往氣派的新家……如果不是住現在這種鋪上一家三口的墊被，便占滿整個地板的小房子，而是住在有自己房間可以念書的大房子……如果爸爸對我說，我們還是放棄開店，回中國去吧……

店家旁邊有個門外樓梯，通往二樓的住處。但珂在走上樓梯前，先打開貼有「好再來」這張大貼紙的店家玻璃門。

「我回來了……」

父親吩咐過他，不能隨便到店裡來，有事的話，就用二樓的分機電話。其實並非一開始就這樣規定。當初剛到日本開店時，珂常坐在店內座位喝冰水、嚼杯底剩下的冰塊、寫作業、折剛學會的折紙。父親開始叫他別到店裡來，是店內客人變少之後的事，大概是不想讓珂看到吧。店面採大面玻璃窗，從外面可以看見店內，不過珂自己也知道，從外面看冷清的場所，與實際走進裡頭，印象截然不同。店內充斥的氣氛，讓人一看就知道這裡從很久以前開始就靜止不動。此刻珂同樣沉浸在這樣的氣氛中，抬頭望著母親朝他走近。

「你知道不能到店裡來的。」

母親不讓人在廚房的父親聽見，語氣嚴厲地低語道。

打從決定離開中國的那一刻起，母親就開始很認真地學日語，來到日本後，也都會到舊書店買教科書，持續練習，所以日語的會話能力已有相當程度。接待客人當然也是用日語，不過，父親和珂都是用中文交談。因為只要珂說日語，父親就會生氣，只要一生氣，就一定會提到「愛國心」這個字眼。之所以來日本開中華料理店，也是出自愛國心，雖然父親總是搬出這難懂的大道理，但珂明白這是謊言。當初住在中國時，父親就常對市街或政治發牢騷。

「我看到奇怪的東西。」

珂此話一出，母親馬上皺起眉頭，朝他探出一邊的耳朵應了聲「啥？」。珂踮起腳尖，望著母親耳朵，同樣的話又重複說了一遍。母親表情冷淡的點了點頭，就像不讓他繼續往下說似的，把臉移開。

「這事以後再說，媽媽有工作要忙。」

她一面說，一面在意背後廚房的動靜。

沒聽到通風扇轉動的聲音，所以父親似乎沒在作菜，但打從剛才起便一直傳來金屬互相敲聲的聲響。是在整理鍋子或平底鍋嗎？廚房傳來的聲響相當粗暴。似乎是沒客人上門、賺不了錢、自己的獨生子變成這種壓低聲音說話的人，讓父親藉此出氣。

「明明就沒客人。」

珂以日語喃喃自語道。他使出自己最快的說話速度。母親又回了聲「啥？」，不耐煩的皺起眉頭。

「沒事。」

他轉過身去，推開玻璃門，走出店外，眼前停了一排車。那是計時收費的停車格，向來都停滿車。家裡的店面明明面向大馬路，但因為這些停車格，路上駛過的車輛都看不到這家店，所以客人才都不上門。不，一開始也有客人上門，所以或許不是停車格的緣故。

一陣風橫向吹來，吹得他前面的頭髮一陣顫動，耳朵痛得像被扯下來似的，這時珂才想到自己頭上沒戴母親的帽子。剛才走進店內時，為了不讓自己偷戴帽子的事曝光，他事先摘下帽子塞進書包裡。

他低著頭，抬眼往上瞧，就像要望向自己的前額般。

那傢伙出現在馬路對面。

在看到對方的臉之前，千鈞一髮之際，他將下巴往內收，但對方的身體還是出現在他的視野邊緣。枯瘦的身軀，搖晃著垂落身體兩側的白色衣袖。珂將右手插進口袋裡，握住那包辣椒。在他轉過身，衝上通往二樓住處的門外樓梯前，他看到那傢伙的一隻手倏然朝他伸來。

三

面朝他站立的少年，一臉茫然的神情，抬起右手緊握的菜刀，朝自己頭頂刺下。頓時黑血從他頭上噴飛，灑向少年身上的短袖T恤，染紅他的肩膀、胸口、腹部，很快的一路染向短褲，全身都黑了。變得像黑影般的少年，就此逐漸融化，宛如真正化為影子般，在地面擴散開來，突然就此消失無蹤。珂的拇指重新翻動課本的書頁邊角。少年再度面朝他站立，以右手的菜刀刺向頭部，染滿血的全身融為一攤黑血，就此消失。珂的拇指再度翻動課本的書頁邊角。

再次殺了少年後，珂在桌上將課本翻面，靠近他這一側的頁面，畫了其他的翻頁漫畫。每一本翻頁漫畫都是課本發下後的第一堂課畫的，這一頁的邊角，有名少年邁步朝左邊走去。少年前方站著一個和他差不多高，臉孔模糊，擁有人類外形的妖怪，他一隻手探向朝他走近的少年。那隻手一把抓住少年的衣袖，兩人就此橫向移往左方，消失在頁面外。

當初是祖父告訴他溪囊的存在。

——他住在山中。

是一種可怕的妖怪。

——他就靜靜站在那兒，有人來到他身旁時，他會一把抓住對方的衣袖。被抓住的人會馬上沒命。

地點在當初住中國時，一起同住的那間屋子。在貼著一幅大大的聖母峰照片當裝飾的客廳裡，祖父常在飯後喝茶時談到妖怪的故事。那是打從珂聽得懂故事，一直到他和父母三人一起到日本來之前的那段時間，所以大概只有一年左右，但他聽過的故事可不光只有一、二十個。祖父說故事時的口吻，總是一樣開朗，和平時沒兩樣。讓人覺得有妖怪的存在是很理所當然的事。

——相反的，如果你拉他的衣袖，就能殺了他。不過，沒人有這種勇氣。

所以溪囊現在仍活在某處。

每次聽祖父說妖怪的故事，珂都怕得不得了。要是不緊抿嘴唇，恐怕會就此流下淚來，而且他總是故事聽到一半，緊緊抓住祖父的膝蓋。也許祖父就是覺得這樣有趣，才告訴他這些故事。

——不過，不會有事的。

不管怎樣的故事，最後祖父一定都會說這麼一句，來為故事收尾。

——你要牢牢記住，只要你念這麼一句，就能把他們都趕跑。

「滾出去」，這就是祖父教他說的話。每次教珂，他都會重新牢牢記住，但他萬萬沒想到，自己日後有天真的會念出這句話來，而且還是在國外。小時候就只是記住那串不懂含意的發音，但現在他已明白那句話字怎麼寫，有什麼含意。

「這個字就是這樣來的。」

導師磯部在黑板前解說「印」這個漢字的由來。左邊的部分是朝下的手，右邊的部分是一個跪下的人，原本這個字的意思是「對跪下來的人做記號」。

「至於是怎樣的記號，老師也不太清楚，雖然我查了許多資料……」

舉例來說，就像珂他們會在自己的物品上寫名字一樣，以前的大人物也會在奴隸的頭上做記號嗎？還是說，做了好事的人，基於受誇獎的含意，而讓人做記號呢？珂想像自己跪在某人面前的畫面，在腦中描繪那個人抬起一隻手，朝珂的頭部靠近的模樣。若以中國的漢字來看，左邊最底下的橫棒，會朝右上方揮。這是他腦中所做的想像，所以逐漸往頭部靠近的，與其說是手，還不如說是刀刃，這樣比較符合那個畫面。刀刃深深刺進珂的頭部，他像漫畫裡的少年一樣，鮮血狂噴，將他全身染黑。

老師叫喚珂的名字，他抬起頭來。

「……有。」

教室裡的同學們既沒動作，也沒出聲，但有種眾人一起共享某物的氣氛。

「在中國也是同樣這個字嗎？」

老師對交不到朋友的珂寄予同情。所以不時會像這樣詢問他關於中國的事。但老師完全沒發現，他這麼做就像是在一碗米飯裡放入一粒奇怪的東西般，激起全班學生一種排斥的情緒。

珂思考一會兒後回答道：

「我不知道。」

比大家知道的都還要多，這樣絕不可以。他上小學後第一次考試考了滿分，之後一整年每科也都是滿分。小一期末考考卷發回時，他下課去了一趟廁所，回來一看，他放在書桌裡的考卷已被撕碎。從那之後，不管什麼考試，他一定都只考五十分，明明答案他都會，但他不會全部寫上正確答案，而是在一半的答案欄裡填入錯誤的答案和空白。所以他的成績從二年級的第一學期開始，一直都很「普通」。在日本一直都很難找到的東西，就只存在於成績單中。

「也難怪你不知道，因為你來日本也很多年了。」

老師若無其事的講了這麼一句彷彿會把人變透明的話之後，又繼續上課。

珂的目光再次落向翻頁漫畫，這時，左側的窗戶外有個白色的物體微微搖晃。珂竭盡所能的朝脖子使力，若不這麼做，他差點就轉頭望向窗戶了。他右手伸進褲子口袋，觸摸從昨天便一直放在口袋裡的辣椒袋。他以適度的力量握住袋子，避免裡頭的辣椒折斷。他的上眼皮微閉，一面讓視野變小，一面在腦中喚醒昨天在文具店裡發生的事。這時，不安和恐懼像泡泡一樣湧出，但他眼裡隱隱蘊含一道明亮的光芒。他目睹了驚人的一幕，那位老太太遭人殺害，被運往他處。

「你一定有事對吧？」

下課時，山內站在珂的課桌旁。

他明明是班上唯一會跟珂說話的人，但同時也是珂在班上唯一不想說話的對象。

「一定有什麼事對吧？」

山內有張蒼白的臉，就像祖父的老舊黑白照片裡的人物，那一對細眼笑成彎彎的弓形，就像兩個指尖的指甲靠在一起般。他纖瘦的右手擺在珂的課桌上，手背上用紙膠帶貼著一塊又黑又髒的紗布。

珂別過臉去，搖了搖頭。

「沒事。」

「騙人。」

山內是在升上小四後不久開始接近他。

在放學回家的路上，珂在「電車公園」旁聽到一聲悶響，緊接著傳來東西的摩擦聲。電車公園是一般人對它的通稱，但不知它真正的名稱為何。

雖然位於鐵路旁，但由於有磚牆區隔，實際上看不到電車。聲音傳來的方向，在磚牆那一帶，不過公園裡一片悄靜，空無一人。

才剛這麼想，又傳來聲音。

沉重的悶響，以及東西的摩擦聲。

珂就這樣停下腳步，這時他想到了小黑。當初祖父撿回飼養，一看就知道是雜種的雜種狗，每次伸手撫摸，牠總會用身子朝珂的手磨蹭撒嬌。因為無法帶來日本，所以現在和祖父一起留在中國。

不知為何，他覺得磚牆對面有狗。珂就這樣站在原地，想像著自己奔向磚牆，往另一側窺望。一隻黑色的小狗抬頭仰望他。那隻狗就像在展示牠剛才在做什麼似的，死命地朝磚牆跳，重重地用身體衝撞後，就此滑落地面。看來牠闖進了鐵路旁，努力想回到這一側。珂將自己撐向磚牆上方，用肚子抵在牆上保持平衡，向另一側伸長雙手。那隻狗明白珂的用意，再次往上跳。珂適時地抓住牠的前腳，一把拉起那隻狗，抱在胸前，順勢往磚牆的這一側躍下。雖然很想養牠，但要是帶牠回家，肯定會挨父親罵，所以只能留牠在原地。珂轉身邁步離去，但狗緊跟在後，就這樣留在他家旁邊生活。就待在兩棟建築中間，沒讓其他人發現。珂總是從自己的午餐和晚餐中留下一些飯菜，悄悄帶回餵狗，和牠一起玩樂，直到天黑。

當時珂一面這樣想像，一面走向磚牆。

但那面牆離他甚遠，遠比看起來還要高，他實在跳不上去。一旁有一株銀杏，現在是春天，所以樹枝上還留有許多皺巴巴的樹葉。他手腳並用，抓著樹枝爬到樹上，那皺巴巴的葉片傳來新鮮沙拉般的氣味。

他攀向高處的樹枝，這才看到磚牆的另一側。

那裡有和他同班的山內，以及見過幾次面的一位遊民老爺爺。雖然最近才剛和山內同班，但他的姓在中文是「山中」的意思，所以記得特別清楚。他們兩人在那裡做什麼？只見老爺爺一手揪住山內的運動服，讓他無法動彈。從捲起的袖口中露出的黝黑手臂相當結實，從他那瘦得像骷髏般的臉，完全想像不出來，那縱向浮凸的青筋，看起來像粗大的電線一樣硬。老爺爺嘴裡說著聽不懂的話，雙手重新揪住山內的胸口，以驚人的力道朝磚牆撞去。山內的背部和後腦撞向磚牆後，直直地往下滑落，接著老爺爺又說了些話，揪住山內前胸將他拉起。

珂不清楚當時自己大聲說了什麼，也不記得是說日語還是中文，總之，老爺爺迅速轉頭望向他，雙眼又紅又腫，彷彿隨時都會破裂般。老爺爺大聲喊道「×× 人就是 ××」，那是珂聽過的大人聲音當中最大聲的。他抱著樹枝無法動彈，老爺爺就此別過臉去，像丟掉沾在手上的垃圾般鬆開山內，轉身背對他遠去。

他的背影越來越小，待走到就算他追過來也有把握逃得掉的距離後，珂這才從樹枝移往磚牆上，往磚牆的另一側躍下。

——……你不要緊吧？

——我不要緊。

山內若無其事的點頭，撫摸自己腦後，他的五根手指全都染紅了。他把血抹向褲子，又伸手摸腦後，將沾到手上的血抹向褲子，反覆做了幾次後，沾到手上的血變少了。山內的右手手背也有傷，也許他手上的傷還比較嚴重，可能是在磚牆上擦傷，他小指根部的關節一帶皮膚破裂，把血沖乾淨後，恐怕會露出裡面的骨頭。他的前胸還有剛才老爺爺緊抓的痕跡，那是一件白色運動服，原本就因沾染的汙漬而泛黑。胸前以黑字寫下的「HAPPY」

字樣，在H和Y這兩個字母上，剛好留下褐色的指痕。

——就算不用大費周章地爬樹，明明也能走進這裡。

山內從珂的身旁走過，沿著磚牆，邁步朝老爺爺的反方向走去，那是公園旁的裁縫工廠所在的方向。山內明明傷得不輕，走起路來倒是很正常。不，不光受傷的事，他看起來就像什麼也沒發生過似的。而另一方面，一臉傻眼的跟著他走的珂，嚇得雙腳無法使力，連要挺直身軀都有困難。走在前面的山內，那蒼白的脖子，從後腦的髮際線流下血痕。前前後後流下了三道，就像照著「川」字的筆劃順序流下，染紅了他的白色運動服。

——得跟老師……或是警察通報才行。

珂的聲音顫抖。

——不用了。

山內身子朝前，展開橫向移動。因為磚牆的邊緣與裁縫工廠的外牆間有一道細縫。珂也從那裡穿越，接著從電車公園的外緣的一處高大樹叢旁走出。

——你救了我，我得報答你才行。

山內大步走在巷弄上，待珂跟上後，才又接著說。

——要是遇到什麼困難，記得跟我說一聲。

——為什麼那個人要那樣對你？

——他在那裡睡覺，所以我朝他嘴裡撒尿。

這就像是在店裡買完東西後，有人問他買了些什麼時的回答口吻。不帶半點雜質，無比純粹的回答。珂心想，或許他接下來會加以說明，就此走在他身後靜靜等待。但山內就只是臉轉向一旁，令脖子上縱向的紅色血痕改為斜向，然後對他說「要是遇到什麼困難，記得跟我說一聲」，將剛才說過的話又重複了一遍。

——你為什麼要那麼做？

——什麼？

——朝對方嘴裡……撒尿。

山內就像被問到什麼難題般，偏著頭，語帶含糊的回答道：

——因為他嘴巴開開。

珂無言以對。就這樣默默跟在山內身後，來到他家。眼前有好幾棟出租住宅，其中一戶就是山內家。因為一旁有一棟大樓擋住了日照，屋子整面牆長滿了像結痂般的青苔。

——要是遇到什麼困難，記得跟我說一聲，我保證一定會報答你的。

當山內打開門鎖進入門內時，珂只微微瞄到一眼，室內看起來很昏暗，雖然實際上不可能有這種事，但看起來好像地板和牆壁也都覆滿青苔。

從隔天開始，山內在教室裡都會主動和他搭話。

至今從沒見過他和其他人交談。

珂覺得山內很噁心，這種感覺與日俱增。不論是他的長相，還是身體完全不會搖晃的獨特走法，全都覺得噁心。而最令他感到噁心的，就屬他貼在右手手背上的紗布了。從那天相遇後的隔天早上，山內到學校上學的時候起，那裡便一直貼著紗布。而教人無法理解的是，都過了半年多了，還是貼著紗布。那個部位確實受傷不輕，但也應該早痊癒了。那塊紗布總是用紙膠帶貼著，日子久了，紗布和膠帶都變得又黑又髒，破破爛爛，當達到極限時，才又替換新的，重新變成白色。然後又開始慢慢變黑，如此一再反覆。

「騙人。」

山內又重複說了同樣的話。

「一定有什麼事對吧？」

不悅像大量的螞蟻般，在珂的體內亂竄。他抬眼瞪視山內，語帶威脅的說道。

「有啊。不過，這不是可以隨便跟人說的事。」

「哦，這樣啊。」

那宛如指甲般彎曲的雙眼，突然朝上方的額頭揚起。

「可是我看你好像很想說呢，珂。」

最後那一聲，聽起來像烏鴉叫。剛才他刻意用喉嚨發聲，不，也許只是珂個人的感覺。珂用他突然冷卻的腦袋，極力展開思考，他逐漸覺得，山內果然是故意的，肯定是因為珂不想說，他才語帶挖苦的那樣說。他明明是這麼噁心，噁心到沒人肯搭理他……

「這話不能隨便說。」

根本沒來得及壓抑，話語就這樣往上打出一拳，衝破喉嚨而出。

「或許有人被殺了。」

「哦。」

山內的雙眼仍舊維持朝上方的額頭揚起的狀態，並不是他用那種眼神望著珂，而是他在珂面前展現那樣的眼神。珂感到鼻腔發熱，整個人轉身面向山內，抱持著一種像是要硬拔乳牙般的心情，開口道出緣由。

「文具店的老太太可能已遭人殺害了。」

「哪家文具店？」

珂說出地點後，山內點頭應了聲「哦」。

「為什麼被人殺害？」

「這我哪知道，但我看到不少畫面。」

「看到不少畫面？」

在山內半帶笑意的催促下，珂在生氣和焦躁的促使下，說出昨天自己看到的一切。雖然說得很小聲，但他盡可能加上一些臨場感，連那名駕著廂形車高速駛離現場的男子，當時那宛如惡鬼附身般的表情，他也詳細描述。本想告訴母親這件事，但母親不想聽，珂差點連這件事都說了出來，但在千鈞一髮之際忍了下來。要是說出這件事，聽起來就像他現在很需要山內似的。

「所以那位老太太應該是死了。」

說完後，山內往上挑的雙眼又降回原本的位置。

這時，正好上課鈴響。

「應該是你誤會了吧。」

山內神色自若的說道。

「這怎麼可能。」

是自己誤會的可能性，從昨天開始，珂自己也想像了數十遍，他也很努力試著這麼想。但一聽山內這麼說，頓時湧起一股強烈的反抗心，山內朝黑板上的時鐘瞄了一眼，接著轉過身去。

「原本還以為可以幫得上忙呢。」

那聲音聽起來就像是這件事給他添了麻煩似的。珂很想大聲的對他說一句令自己後悔莫及的狠話，這個衝動一直驅策著他，但就在這時，山內猛然轉身面向他。

「你快點讓我報答你當時的恩情吧。」

他將右手抬至胸前，露出他那泛黑且破破爛爛的紗布。就像是為了這一刻，而刻意在早就治好的部位持續貼著紗布般，山內一動也不動，右手就那樣抬著。

「因為我都答應過你了。」

山內的左手緩緩靠向抬起的右手，他彎成鉤狀的食指，鑽進朝上的骯髒紙膠帶內側。他手指的指甲滿是髒汙，似乎常掏挖什麼紅黑色的東西。山內抽出食指後，上側的紙膠帶發出像短促呼吸般的聲響，從皮膚上剝落，紗布朝下翻開，就此露出一個黑色凹洞。

真的是一個凹洞。雖然知道這不可能，但那看起來很像是無底洞，與手掌的厚度和寬度無關。

珂無言以對，這時，山內以熟練的動作，將那塊搖搖晃晃垂掛的紗布擺回原位，並貼上紙膠帶，把那個凹洞蓋上。他的右手再次迅速伸向桌上，觸碰珂的國語課本，山內的手指馬上翻起了課本的書頁邊角。出現在頁面左邊角落的少年，朝紙的另一側走去，步履比之前珂翻頁時還要流暢。而站在少年前方，那個有人類形體的妖怪，朝少年伸出一隻手。那隻手抓住少年的衣袖，兩人就這樣往左橫向移動，消失在頁面外。接著山內的目光投向珂，臉上浮現的表情，就像發出「嘩」的一聲驚呼。

四

珂當初一來到日本，馬上便到幼兒園就讀。

沿著瑞應川往海的方向走，那裡有一座白澤幼兒園，他第一個認識的朋友名叫光樹。雖然兩人都不太會說話，但感情很好。而這個年齡的男生，也不太會和周遭的男生有什麼交談，所以他們的朋友關係，一定和一般的日本人沒什麼差異。

傍晚前，每到固定的時間，光樹的母親就會到幼兒園接他，珂總是覺得很落寞。某天，有個讀小學中年級的女孩和光樹的母親一起來，光看那女孩的長相，就知道是光樹的姊姊。他姊姊在老師和他母親去叫光樹的時候，在珂塗鴉的繪畫本上，用蠟筆寫下自己的全名。似乎是在炫耀她會用漢字寫自己的全名，而且字寫得很漂亮，以她這個年紀來看，字確實寫得不錯。她抬起下巴，對珂說了些話，珂用表情反問，女孩將剛才說的話又講了一遍，這次還加上比手劃腳。珂加上一些自己的想像，回想當時的情景，女孩那時候應該是說，我看了很多書，所以就連更難的漢字我也會。不過，珂雖然幾乎不會說日語，但對寫字倒是很有自信，所以她在女孩的名字旁邊寫下自己的名字。

那女孩確實懂得不少漢字，一看到寫在她名字旁邊的「馬珂」二字，她馬上瞪了珂一眼。這女孩到底是知道「BAKA」可以寫成同音的「馬珂」，還是從「馬」開頭的這兩個字，聯想到「BAKA」呢，此事無從得知。總之，珂不明白女孩為何要瞪他，所以他將蠟筆盒翻過來給她看，因為上面以平假名寫上他的名字「まーかー（MAKA）」。他夾雜了少數幾句他會講的日語，說明他名字的漢字寫作「馬珂」，女孩馬上明白是怎麼回事，邊笑邊說「BAKA、BAKA」。珂也笑了，他心想，原來我的名字用日語是這樣發音啊，當時他還不知道這句話的意思。

隔天，幼兒園裡的每個人叫他ＢＡＫＡ。雖然不明白是怎麼回事，但他知道自已被人嘲笑，也想像得到，昨天光樹的姊姊笑他，也是同樣的原因。那天，母親忙完工作，前來接珂回家時，他邊哭邊向母親說出這一切。當時母親似乎也和珂一樣，不明白他被嘲笑的原因。雖然母親正在學日語，但可能那是課本上沒寫的字彙吧。還是說，母親刻意裝不知道呢？回到店裡後，母親馬上開始工作，但這時正好峯田先生前來，在廚房和父親談話。峯田先生是這家店的共同經營者，他經營一家開設餐飲店的公司，當初就是他說服在中國開餐館的父親，父親才會帶他們一家三口到日本來。他向父親保證，開店一定會成功。珂等父親和峯田先生的對話告一段落後，就此說出他在幼兒園發生的事。這時，峯田先生露出「這一刻終於來了」的表情，用中文說明這件事會發生的原因。珂只覺得胸口一涼，周遭的聲音就此遠去。那一刻是他人生當中第一次體會什麼是絕望。

從那天起，他講話變得很小聲。越是小聲，幼兒園裡的同學越是拿他的名字當笑話。但很快地，珂變得完全沒聲音，之後，就像打從一開始就沒這個孩子存在似的，再也沒人搭理他。

只有安見這位男老師注意到這件事，他訓斥其他學生，如今回想，那是很高明的訓斥方式，拜此之賜，珂一度和大家和睦相處。但是珂升上大班的那年春天，安見老師突然離開幼兒園，每位老師都沒告訴他原因，所以他到現在仍不知道原因。安見老師離開後，大家又開始叫珂「BAKA」，就這樣一直持續到幼兒園畢業。珂的講話聲音又變小了，在畢業典禮上叫到他名字時，他喊「有」的聲音小到連他自己都聽不到。在抬頭挺胸站成一列的同學當中，就只有珂覺得自己像是卡在牙縫裡的菜渣，總是盯著體育館的地面。面對這樣的情況，之所以能撐過去，或許都是託已經離開的安見老師之福。有人會保護他的這項事實，賜給他些許的力量，這力量讓他可以勉強撐住，不至於被擊倒。

BAKA的言語攻擊，在上小學後仍舊持續，甚至還加上了烏鴉攻擊。大家圍在他身旁「KA、KA」的叫著，模仿烏鴉的叫聲，但其實珂這個字的發音不是「KA」。是介於「KU」和「KA」之間的音。這是他的名字，自從去年峯田先生消失後，就只剩他父母可以正確的發這個音。

五

放學後，珂前往古關文具店。

有個不可饒恕的願望在他腦中旋繞，他希望自己的想像是真的，希望這不是他自己誤會，希望老奶奶遭殺害的想像是事實。這樣他就能對山內說一句「喏，看吧」，能看到山內那張噁心的臉因羞愧和不甘心而變得扭曲。

也許警察已來到文具店；也許報章雜誌或電視台的人全聚集在這裡；不，這是昨天才發生的事，所以殺人的事恐怕還沒人知道。這麼一來，只能靠他報警嗎？他當然已作好心理準備。不過，他害怕到派出所或警局，所以打算打電話。不過，之後大概又會被叫去警局，問他許多問題。也許還會在新聞節目上播出，班上同學不敢說全部，但也許會有很多人看到。

這件事會在班上蔚為話題。不，一定會像五年前一樣，在整個市鎮引發軒然大波。他們來到日本那一年，在白蝦蟇海岸的隧道口，發生一起年輕男子被石頭砸死的事件。當時人們一見面都在聊這件事，兇手一直都沒落網。

想起那件事，珂心頭一驚。該不會那起案件也是殺害文具店老闆娘的那名男子幹的吧？如果是這樣，警方就能藉由他提供的情報，抓住那名穿皮夾克的男子，讓他一併招認之前犯的案子，一次偵破兩起案件。

他的臉往前探出，走在冬天冷冽的空氣中。兩頰宛如結凍般，但頭部倒是很暖和，因為戴著母親的帽子。一早他從家裡帶走帽子，在學校的那段時間都藏在書包裡。腦袋在帽子的保暖下，展開各種想像，珂同時將右手伸進口袋裡握住辣椒袋，逐漸加快腳步。

文具店四周一片悄靜。

警察根本沒來，也沒看到報章雜誌或電視台的人，那輛白色廂形車和昨天一樣，從店面隔壁的車庫露出車頭。

當他靠近店面的玻璃門時，有種不祥的預感。

玻璃門內的窗簾並沒拉上，沒拉上窗簾表示有營業，而實際上，一覽無遺的店內，天花板的燈也亮著。

他伸手搭向玻璃門，將門推向一旁，發出輕快的聲響。店內空無一人，望向櫃台內，沒看到暖桌和老太太，他就此覺得又重新燃起一絲希望。接著望向筆記文具的層架，上層是成人用的文具，下層是兒童用的文具——先前掉落地板，看起來很高級的原子筆，也擺在上層，標價七百八十日圓。一切回歸原本的狀態，就像什麼事也沒發生過，他試著望向地板，到處都看不到紅色的汙漬。從昨天那名男子駕著廂形車離去後，一直到現在這段時間所發生的事，珂試著展開想像。不過這時，裡頭的小房間傳來聲響。

「歡迎光臨。」

老太太從櫃台後面現身，和記憶中一樣的圓臉，朝珂露出微笑。珂呆立原地，老太太見狀，側著頭感到納悶。

「嗯？」

那是對年紀更小的孩子才會有的動作，這樣的動作朝珂冰冷鼓脹的內心表面一陣搔抓，繃緊的薄皮出現裂痕，話語就此滿溢而出。

「我昨天來過這裡。」

老太太仍舊側著頭，等他接著往下說。

「我以為老太太妳被殺了。」

珂幾乎快要流下淚來，他強忍淚水，結果雙眼差點被擠出臉部外。老太太的臉就像戴著逼真的橡皮面具般，保持頭偏向一邊的姿勢靜止不動。接著她臉上的皺紋全部一起動了起來，像在笑，又像不知如何是好。

「抱歉……咦，你這話是什麼意思？」

「有個男人站在櫃台那邊，裡頭房間露出某個人的腳，層架上的筆全都擺在奇怪的位置上，地板上有像血一樣鮮紅的東西，還有，那個男人用像毛毯的東西裹著一個又大又細長的東西，放在車上載走了。所以我以為是奶奶妳被人殺了……」

在這裡看到的事物、想像的畫面，話語接連從內心的裂痕滿溢而出，這與在學校裡告訴山內時的心情截然不同。從說到一半開始，他就像是對老太太還活著一事展開報復般，自顧自的往下說。老太太臉上的表情就此停住，每一條皺紋都停在同樣的位置上一動也不動，就只是望著說個不停的珂。待他說完後，橡皮才又恢復成皮膚，臉上皺紋湧現，露出笑容。這次是純真的笑容，持續了好一陣子，中途一度停了下來，但接著從喉嚨發出打嗝般的呼氣聲，又開始笑了起來。

「那個男人是我姪子，我總是請他幫我送貨，但昨天我人不舒服，請他顧店，因為他就住附近。」

老太太說那段時間她都躺著，並用她那完全不長肉的手，用意不明地撫摸著肚子。

「之後我還是一樣人不舒服，所以索性關上店門，請他開車送我去醫院。但他這樣實在不行，你都到店裡了，卻連聲『歡迎光臨』都沒說對吧？我當時昏昏沉沉，所以沒發現，那孩子都沒好好幫我顧店。」

就像要把對方說的話推回去般，珂再度開口。

「為什麼放筆的地方會變得那麼奇怪？還有地板上沾的紅色汙漬，那個巨大的東西又是什麼？為什麼他一直背對著我，還露出那麼可怕的表情開車？」

至少也希望能有個理由可以說給山內聽，他所看到的東西到底是什麼，他希望能得到一個令人印象深刻的說明。

「這個嘛……」

不過，老太太卻若無其事地偏著頭。

「筆的事，大概是那孩子替我打掃層架時，擺錯地方。地板上的汙漬……今天早上我開店時，倒是很乾淨。至於放在車上的東西，我就不清楚了，可能是你看錯了吧。他載我去醫院時，我坐後座，但上面並沒載什麼奇怪的東西啊。」

彷彿周遭的世界倏然消失，珂覺得自己就像是掉落在教室地面的小小垃圾，他對老太太說的話進一步追問。

「你說的巨大東西大概是我吧？他帶我上車時，我因為覺得冷，身上裹著毛毯。那叫作毛毯衣，你知道嗎？就是有袖子，直接套頭穿的衣服。因為我家車庫很暗，呵呵，也對，看起來確實很像奇怪的東西。」

老太太說，她也很想在車庫裝個照明燈，但也已經那麼多年了，說完後，她緩緩搖了搖頭。珂就此無言以對，老太太繞到收銀台後方，就像在對他說「好了，這件事就到這兒吧」。

幻想讓珂看到不該有的東西。

仔細想想，這點他自己比誰都清楚，現在他已經分不清自己看到的究竟有幾分是真。看起來很高級的筆掉在地板上、標價和文具擺放的位置錯誤——這一定是真的。不過，是否真的看到地板上的紅色汙漬呢？是否真的看到那個男人在小房間裡進行大動作的作業呢？他手握方向盤的神情，其實並未露出可怕的表情，那表情單純只是擔心老太太的狀況。他老是看到不存在的東西，就像他低著頭，壓抑心中悲慘的情緒時，總會在操場角落或路旁看到那傢伙的身影一樣。光樹的姊姊第一次嘲笑他名字的那一幕，彷彿此刻再度發生般，清楚浮現他腦中。連帶一起想起以同樣的表情笑他的幼兒園同學、小學同學、嘴裡喊著「KA～KA～」，繞著他的課桌跑的那些人臉上的神情。繞往櫃台後方的老太太戴上老花眼鏡，翻開一本寫得密密麻麻的筆記本，沒再抬頭。不過，見珂仍舊站在原地，她又噗哧一聲笑了起來。

「這件事你跟誰說過嗎？」

她低頭望著筆記本問道。

「我沒說。」

為什麼我會跟山內說呢？後悔的念頭從腳底將珂整個人吞下，一路吞到他的頭部，無法喘息。

「……不可以告訴別人那件事。」

老太太臉上還留著笑意，抬眼望向珂的胸部。

「你是日本人嗎？」

珂搖搖頭。

雖然大人跟他說，你可以在學校名牌上寫「馬珂」，或是「MAKA」，但他既不想成為BAKA，也不想成為馬克筆，所以他都寫「MA珂」。

「那就是中國人嘍？」

老太太一臉得意地抬起臉來。

「沒錯。」

終於能呼吸了。

「我雖然沒去過中國，但我很喜歡這個國家。是父母帶你來日本的嗎？這是當然，總不可能自己來吧，呵呵。你住這附近嗎？」

老太太的說話口吻，令珂稍微平靜些許。老太太給人的感覺，就像童話故事中連狐狸之類的動物都會來和她當朋友的那種善良的好人。

「也不算近。沿著那條馬路直直往右走，有一家叫作『好再來』的中華料理店，是我爸媽開的……」

「我知道，二樓是住家的那家店對吧？」

和我這裡一樣，所以我記得很清楚——老太太瞇起眼睛。

「這麼說來，你父母隨時都在住家附近，真好。我以前也跟我家那口子說過，等我們有孩子後，工作的地方和住家只要五秒就能來回，這樣就能照顧孩子了。最後我們沒能有孩子，而我家那口子也因為諸多因素，離家而去，所以現在別說孩子了，就連需要我照顧的對象也沒有。」

珂花了一點時間才明白我家那口子指的是丈夫的意思。

「不過，在工作忙完前，他們不會回家裡。」

「嗯？」

「在店裡工作忙完前，我爸媽不會回家裡。」

「哎呀，這麼忙啊。」

母親可能會想往返於店面和家中，處理一些家事，或是和珂聊聊天。

一定是這樣的，但父親不許她這麼做。當初峯田先生還在的時候——有更多客人來的時候，母親總是忙著在店家和家裡兩邊跑。但自從客人沒上門，峯田先生也不知跑哪兒去了之後，父親就不讓母親離開店裡，理由是不知道客人什麼時候會上門。當初忙的時候，還可以不在店裡，但生意清閒後，卻非得待在店裡不可，真是無法理解。

「你沒有兄弟姊妹嗎？」

「沒有。」

「這樣的話，你都得自己一個人在家等到很晚對吧。」珂點頭。他覺得老太太接下來大概會說「你一定很寂寞吧」，或是「你真乖巧」這類的話。他就像是跟著這樣的預感走似的，已感到胸中一熱。但老太太卻像是看完了一齣電視節目，突然露出冷淡的表情，離開櫃台，轉身背對他。

「好了。」

老太太走進小房間，用腳將暖桌棉被凌亂的地方整理好。

「你不買東西對吧？既然不買，那就請別久待吧。」

老太太也沒看珂，就留下這麼一句話，直接消失在通往二樓的樓梯處。襪子踩地的腳步聲緩緩離去，就像是刻意放給對方聽的倒數讀秒般。

獨自被留在店內的珂，微微偏著頭，不發一語地站在原地。那姿勢就像是豎耳聆聽老太太的腳步聲般，但其實他沒在聽。老太太那逐漸遠去的腳步聲，還有即將從自己體內湧現的聲音，他都不想聽。

他轉身打開拉門。

但甫一來到巷弄，他的雙腳就此定住不動。

山內就站在他面前，上半身微微朝他這邊傾斜，原本彎彎的雙眼改為往上挑，嘴脣打開一道細縫，彷彿隨時都會動起來。周遭的景色消失，就只有山內站在他面前，彷彿他的身影被特別剪下似的。一樣是他常穿的那件胸前寫著HAPPY的白色運動服。上面是那張噁心的臉。為什麼他會在這兒？是來確認珂白天說的事是真是假嗎？在吹過巷弄的冷風中，珂與站在原地不發一語的山內迎面對望，珂感覺到自己的臉開始難看的扭曲起來。明明不想笑，卻還是想刻意擠出笑容，就此表情變得扭曲。

「哦，原來你在裡面啊。」

山內率先開口，面對即將到來的羞愧和懊悔，珂已全身做好防備。但山內卻輕鬆化解了珂的覺悟，就此轉身。

「那件事結果怎樣，下次再跟我說吧。」

他就這樣踩著上身不動的步伐，把珂留在原地，就此遠去。珂就像雙腳被釘住般，一步也邁不開。山內應該什麼也沒看到吧？他沒往店裡窺望吧？不，不可能。山內看到了。用他那噁心的雙眼，確認過珂說的話全是自己的幻想。之所以什麼也沒提，就這樣離去，是為了等珂自己主動跟他說。而當珂照著山內的期待那樣做時，山內那長得像指甲的雙眼一定會再度往上挑，露出喜悅的表情。光是想像他的表情，便覺得此刻自己注視的地面，在不知不覺間開始變得模糊、搖晃。他希望山內消失，希望這個噁心的人可以消失，但這種事一定不會發生。他期望的事從來沒發生過。山內不會消失，什麼都不會消失，所以……

在變得模糊的視野角落，那傢伙從剛才就一直在搖晃白色衣袖。

顯得迫不及待。

珂抬起右手，就像要把頭皮扯下般，從頭上摘下毛線帽。他緊緊握住帽子，勉強自己抬起臉來，一個他其實老早就知道的東西直刺而來，映照在他眼中。

那傢伙的臉，就是珂。

六

隔天是星期六。

傍晚前，珂將辣椒袋丟進廚房的垃圾桶裡。

昨天他已將母親的紅色帽子放回衣櫃裡。

他無法趕走自己。

他背抵著流理台底下的小門，抱膝坐在冰冷的地板上。父親人在店內的廚房，大概正忙著準備晚上的菜肴，母親則是出外採買食材。但不管怎樣，最後明明大部分都是丟棄。

從昨天開始，他內心的出口堵塞，那無處宣洩之物冰冷的鼓脹，已脹到極限。

昨晚他準備睡覺時，母親忙完樓下的工作，返回家中時，向他喚道：

——有什麼事嗎？

大人向來都只是嘴巴問問，如果問他「有什麼事嗎」，他都會回答「沒事」。在日本的生活，以及在學校的每一天，一樣都是處在最淒慘的狀態。就像每次明天即將來到自己面前時，就會被揉成一團，沖進下水道一樣，只有同樣的今天一直持續。但只有他不希望消失的東西，一直接連消失。

——沒事。

他很坦白地回答，鑽進被窩，在粗糙的毛毯下，他意識到在這世上孤零零的自己，就連頭髮和手指也一樣孤單。

此刻珂在廚房雙手抱膝，獨自思考，同時想許多事，胸口那鼓脹的東西，壓迫著他的心窩和喉嚨。從客廳那邊的窗戶傳來大馬路上交錯的車輛聲響，珂靜靜聆聽車聲時，覺得那不間斷的車聲逐漸擁有形體，從雙耳進入他腦中。那一連串的聲響在他腦中緊連在一起，形成一個圓，想將珂拉往窗邊。他才在想，自己可能會忍不住站起身，結果發現自己已經立起單膝。在聲響的牽引下，他就像一隻被乖乖牽走的小牛，走過客廳，朝窗戶而去。天空灰濛濛的顏色，在視野中逐漸擴散開來。小孩也能投保壽險嗎？過去從未想過的疑問浮現腦中。他打開窗鎖，滑開窗戶，大馬路的音量提高，貫穿他雙耳和腦袋的圓圈，變成更加堅硬、牢固之物。

那傢伙就站在大馬路對面。他有珂的面容，彷彿隨時都會伸手朝他抓來。但從那個位置，手構不到這裡。如果不下樓，站到大馬路旁，那傢伙就碰不到他。想到這裡，他腦中的圓圈轉動起來，珂轉身背對窗戶。他的頭被拉往玄關的方向。門上下搖晃，逐漸朝他靠近。他赤腳踩在冰冷的混凝土上，接著右手搭向門把。

電話鈴響。

在廚房角落，堆著厚厚一疊傳單和學校影印紙的推車上發出響聲。抓住珂的東西，似乎對那聽慣的聲響感到畏怯，他頓時感到頭部輕盈許多。他搞不清楚自己此時的重心在哪兒，像在空中游泳般，朝那推車走近，拿起話筒。

「喂。」

他以日語回應，但傳來的是中文。

「**是珂嗎？**」

是祖父的聲音。

「**你們那邊現在是四點吧，我這邊是三點。**」

那口吻就像在說「你過得如何啊」，珂聽了感到眼中一陣劇痛，接著他已淚眼漣漣。但為了不讓祖父發現，他極力屏住呼吸，握緊話筒。

「**珂？**」

和以前一樣開朗的聲音。見珂沒回答，祖父以同樣的聲音又喚了一次珂的名字。

「**抱歉……**」

珂朝喉嚨使力，好不容易才發出聲音。

「**電話好像怪怪的。**」

「**你感冒了嗎？**」

「**大概是吧。**」

珂心裡一定希望祖父能看穿他的心思，但祖父完全相信他說的話。

「**雖然沒這邊這般天寒地凍，不過你們那邊應該也很冷吧。你得穿暖**

和一點哦。」

「嗯，我會注意的。」

祖父沒有回應，微微傳來電視的聲音。祖父大概是在那間掛著聖母峰照片的客廳裡，舒服的坐在椅子上，耳朵緊貼著話筒吧。中午用過的餐具也許還擺在餐桌上。

「爺爺，怎麼了嗎？」

祖父說沒什麼事。

「我只是在想，你們不知道過得好不好。從你們寄的信看來，店裡好像一樣經營得很順利，但經營得順利，就表示很忙碌，所以我有點擔心。我這邊要是有電腦或手機的話，就能更常與你們聯絡了。」

「要我轉接到店裡嗎？」

「不用了，不是很忙嗎？所以我才挑這個時間打電話，能從你這裡打聽到消息就行了。」

「他們兩人都很好。」

「那你呢？」

「我也很好。」

這樣啊——傳來祖父心滿意足的聲音。彷彿可以看見他抬起紅潤的臉頰點頭的模樣。

「能聽到你這麼說就夠了。那就這樣吧，電話費很貴的。」

珂就像要抓住祖父衣服下襬般，向他喚道：

「爺爺。」

「嗯？」

他一時想不到該說什麼。

「小黑還好嗎？」

「哦，牠很好。也不知道為什麼，牠現在一樣咬著以前你常和牠玩的那隻鞋。喂，笨蛋，花會撞倒啊，喂！」

他豎耳細聽那用腳踏響地面的細微聲響，接著心中想說的話語，就像從水底不斷冒出般，自行脫口而出。

「爺爺，請你告訴我。」

「喂，快放開。咦？」

珂向人在遙遠中國的祖父提問道。

「人死後會怎樣？」

祖父似乎覺得「什麼嘛，原來是這個問題啊」，以略感失望的口吻回答道：

「會變成鬼啊。」

中文的鬼，相當於日文的「幽靈」，這點珂也知道。

「大家都會變成鬼，然後像在世的時候一樣生活。生性快樂的人，就會過得快樂，個性無趣的人，就會過得很無趣。」

似乎與日本的幽靈有很大的差異。他多次在電視上看到的日本幽靈，給人的印象就像可怕的恨意所匯聚成的人形。

我如果死在這個國家，就會變成日本的幽靈嗎？還是說，我是中國人，所以會變成鬼？珂想變成幽靈，然後讓那些瞧不起他的同學出車禍，讓噁心的山內遭遇不幸。

「我也會變成鬼嗎？」

他詢問，祖父笑著說，這是當然。

「會和生前一樣，快樂的生活。不過，你還得再等上很長的一段時間，才會面對死亡。」

祖父說，小黑仍舊在搗蛋，而且電話費很貴，就此掛斷電話。

珂掛上話筒，手仍擺在上面，一動也不動。

過了許久，他回到客廳，關上敞開的窗戶，再度坐向窗下，背靠著牆壁。夕陽餘暉照進屋內，破損的榻榻米染成了橘色，看起來就像布滿細波的大海。珂雙手抱膝，額頭靠向膝蓋，閉上眼睛。這時，父親的大嗓門穿過地板傳來，雖然聽不清他說了什麼，但似乎不是在自言自語，應該是母親採買回來了。從短褲下的大腿間聞到皮膚的氣味，當中夾雜著自己的呼吸，感覺好溫暖。因為低著頭的緣故，呼吸聲被關在裡頭，就只有沙沙聲傳進耳中。就像有人在一旁和他一起呼吸般，那個人的呼吸步調逐漸減緩，珂也跟著慢慢呼吸。接下來，對方的呼吸變慢，珂也配合他的節奏。

夢中，他和小黑一起嬉戲，地點是他出生後，住了五年的中國老家。房內每個地方都像沒對好焦一樣，顯得很模糊，這或許是因為他記憶模糊的緣故。小黑應該已經長大不少，但夢裡卻覺得比之前最後一次看到牠的時候還小上一圈。小黑以讓人覺得癢的力道輕咬他的臉頰和膝蓋，沾滿了小黑的口水，又溼又熱。他們一起嬉鬧打滾，地板、牆壁、屋柱，全都像是用安全橡膠做成的一樣，一點都不痛，感覺就算走出家門外，外頭也是同樣柔軟的世界。

他抬起頭。

一直低著頭，脖子好痛。

屋內已一片漆黑，珂朝眼前的幽暗凝視了半晌後，雙手撐地，在地上爬行。他不是打開電燈，而是拿起電視遙控。他想聽聽聲音，只要下樓走進店裡，父母就在那兒，但珂想聽的是和他無關的世界傳來的聲音。擺在牆邊地上的，是剛來日本不久，店裡賺了一點小錢時，父親在二手店買的小台液晶電視，而擺在一旁的，是當時一起買的錄影機。他按下遙控的電源鈕後，畫面發出的白光照向他的臉，傳出一個男人的聲音，話正說到一半。

這是新聞節目的攝影棚，畫面中出現一名身穿西裝的男播報員，珂以趴在地上的姿勢手握遙控器，不自覺的緊盯著畫面瞧。這個人剛才說了些什麼？剛才他不專心，而且對方說得很快，所以他聽到的日語只能讓他想起一些含意不明的連續發音。**今日一早，在瑞應川河灘上發現的ㄋㄢˊ ㄒㄧㄥˋ ㄧˊ ㄊㄧˇ ㄕㄣ ㄈㄣˋ，已經查明**——瑞應川是流經附近的一條很長的河川。下游從城市的東邊流入大海，上游則是與山上相連。好像是今天早上在那座河灘上發現的ㄋㄢˊ ㄒㄧㄥˋ ㄧˊ ㄊㄧˇ ㄕㄣ ㄈㄣˋ已經查出了。在珂理解剩餘的這部分之前，攝影棚裡展開一段簡短的對話。據他們所說，這似乎不是最新的新聞，白天的節目中似乎也報導過同樣的內容。

畫面切換為戶外的風景，播出他知道的場所。

不，不僅知道，昨天和前天他都去過。現在接受麥克風採訪的人，雖然沒拍出臉，但他知道這個人。

「……應該說是保持若即若離的關係。我們一直都和睦相處。」

是那位老太太的聲音。

「你們沒住在一起對吧？」

記者語帶顧忌的詢問。

背景是那扇玻璃拉門，後面是那輛露出車頭的白色廂形車，似乎是白天時錄製的影像，畫面中的景色還很明亮。

「是……因為有很多原因。不過，他這個人不壞，不是壞人，他絕不是會與人結怨的人。」

珂瞪大眼睛，注視著電視畫面。老太太身邊站著另一個人。也和老太太一樣，只拍到脖子以下的部位，但一看就知道是那名穿著褐色皮夾克的男子。珂馬上握好遙控器，按下錄影鍵，接著男子開始說話，攝影機馬上朝向他。

「他真的是個很善良的人。」

猶如銼刀摩擦般的聲音。

「所以我猜這不是與人結怨，應該是隨機殺人魔，或是他想幫助別人時，遭人刺死。我叔叔不是會與人起衝突的人。」

畫面再次回到攝影棚，新聞播報員以很快的速度播報，這次珂全都聽懂了——遺體有遭利刃刺傷的痕跡，警方懷疑是他殺，正全力展開偵辦——

「以上新聞播報完畢。」

珂趴在地上，張著嘴呼吸，呼吸越來越急促。

「接著播報體育新聞。」

他急忙按下遙控器的選台鈕，找尋其他新聞節目。但每台都在播不同的新聞。珂將畫面切換回錄影，播放剛才錄的影片。

「我叔叔真的是個很善良的人。」

他停住畫面。他清楚記得這件外衣，那是一件已經穿了很多年，上面就像活體動物的皮膚般，有許多細紋，褐色的皮夾克。

「**這是假的吧……**」

不，這不是假的。我的想法猜中了，我想像的是千真萬確發生的事。說假話的是這個人，前天珂走進那家文具店時，這個人已經刺死了老太太的丈夫——亦即他口中的叔叔。在中國，兄弟的兒子叫姪子，姊妹的兒子叫外甥，但日本沒有區分。所以這個人對老太太來說，到底是姪子還是外甥，無從得知。他是老太太的姪子還是外甥呢？或者是死者的親戚？總之，這個人殺了自己的「叔叔」，珂走出店門後，他用毛毯之類的東西裹住屍體搬上車，運往河灘。是丟在看得到的地方，還是藏在草叢裡？不管怎樣，今天早上被人發現了屍體，不知道是經由死者身上的物品，還是其他方式，查出了死者的身分。

不，等等。

——他載我去醫院時，我坐後座……

說謊的人不光只有那名男子。

——但上面並沒載什麼奇怪的東西啊。

老太太也說謊。

她也知道店裡發生了殺人案。

——這件事你跟誰說過嗎？

——不可以告訴別人那件事。

——二樓是住家的那家店對吧。

——這樣的話，你都得自己一個人在家等到很晚對吧。

在漆黑的屋內，就只有暫停的畫面無聲的發出光芒。站在一起的兩人，腰部到肩膀一帶出現在畫面中，其他部位完全看不到。他覺得畫面隨時會往上滑動，兩人的眼睛就此望向他。儘管如此，珂還是無法移開視線，他一直趴在地上，張著嘴喘息，感到口乾舌燥。得趕緊聯絡警察才行。不對，爸媽在店裡，只要現在馬上下樓告訴他們兩人就行了。珂將遙控器拋向地面，猛然一個轉身，正當他衝向玄關，準備解開門鎖時，同一時間，門鈴聲響起。是誰？不，誰來都沒關係。至少現在門外站著大人。

「抱歉，這麼晚來打擾，我是警察。」

那聲音為一切帶來光明，感覺就像真的按下燈光開關，照亮了屋內每個角落。珂急忙轉開門鎖，把門推開，緊接著下個瞬間，就像空氣變成透明塑膠一樣，他維持那個姿勢無法動彈。出現在眼前暗處的，是那件褐色的皮夾克。而皮夾克上方，是之前在文具店櫃台旁，轉頭瞄了他一眼的那張臉。

一切都消失在黑暗中，之後雙腳浮向空中。珂的身體連同雙臂都被勒住，整個人被抱了起來，他扭動全身，大聲叫喊，旋即被隔著那罩住他臉部的布袋摀住口鼻。隨著一陣粗魯的踩踏外部樓梯的聲響，黑暗上下搖晃，大馬路的聲響越來越近，身體騰空飛行。不久，他遭到一陣扭擠，掉進某個地方裡。一陣短促的滑門聲朝他逼近而來，啪的一聲，空氣灌進耳中，大馬路的聲音就此消失。

在宛如密封的寧靜中，當他明白自己是被丟進車內時，接著聽到另一扇門開啟的聲響，車子一陣搖晃。珂極力坐起身，手搭向罩在他臉上的布袋時，有個人的手指碰觸他的手。

「你不能違抗。」

是老太太的聲音。

「不能違抗他哦。」

那聲音相當冷靜，就像在教導一個什麼都不懂的對象。珂雙手的拇指搭向布袋邊緣，就此停止動作。這一切都太可怕了，什麼都看不見、在他身旁以冷靜的聲音說話的老太太、她坐在駕駛座的姪子、不知道他們接下來會怎樣對他、其實可以從這些不知道的事底端看出的可能性，全都化為一團恐懼，將他全身吞噬。油門聲呼嘯，在變速齒輪粗暴的運作下，車身頻頻震動。引擎聲瞬間提高，身子被往後推向座位上。

「沒事的。」

住家逐漸遠去。

「只要你乖乖聽話就不會有事。」

為什麼我會有想偷紅藍兩色鉛筆的念頭呢？為什麼我會去那家文具店？為什麼我把自己看到的一切都告訴這位老太太，為什麼剛才我會打開門鎖呢？

「先把門鎖上。」

是剛才在電視上聽到的那猶如銼刀摩擦般的聲音。

「左右兩邊都要。」

一旁的老太太開始行動，左右各傳來一聲悶響。珂躺在座位上，縮著雙腳，在布袋裡聽著自己的呼吸聲，呼吸聲越來越快，喉嚨發出破笛般的聲響。老太太的姪子每次踩踏油門，或是踩剎車，他的身子就會被一會兒往後拉，一會兒往前拉。他朝縮起的雙腳使力，撐住自己的身體，但是當對方急踩剎車時，還是一樣頂不住，就此滾下座位，掉落堅硬的場所。

「安分一點！」

傳來宛如爆炸般的怒吼聲。老太太手搭向珂的肩膀，將他拉到自己身邊，引他背部靠向座位。

「要讓別人從外面看不到他。」

老太太按照他的吩咐，把珂的頭往下壓。珂就這樣維持坐在座位上的狀態，額頭貼向膝蓋。數秒後，引擎聲平靜下來。是已經抵達某個地方了嗎？但旋即又傳來切換排檔的聲音，車子再次向前駛出。他一把抓住座位邊緣，撐住被猛然往後帶的身軀，同時極力展開思索。他得想辦法逃往車外才行，但左右兩邊車門都已上鎖。那門鎖在什麼地方，呈什麼形狀，他都不知道。要瞬間解鎖開門，是不可能的事。如果是後面呢？之前在文具店窺望車庫時，因為太暗，看不清楚，不過，他好像曾經在後座後方看到後行李箱門。也許能從車內打開它。等下次車子停下，他便摘下臉上的布袋，同時越過椅背，從車內打開後行李箱門，逃往馬路上。不，這更不可能。比起解開門鎖，他更不懂得要如何打開後行李箱門。而且套住他的布袋就像腰袋一樣，脖子一帶以繩索束緊，無法輕易解開。

只有趁他們兩人疏忽時展開行動，也就是現在，車子在行駛的時候。因為車內一片漆黑，他或許能移動右手探尋門鎖，混在引擎聲中悄悄打開車門。如果成功，就能在罩著布袋的情況下打開車門跳出車外。這樣會死嗎？一直這樣按兵不動，跟從行駛中的車輛跳車，哪個死亡率比較高？

身體突然被帶往右方，肩膀撞向車門。也許就是現在，要在不被發現的情況下解開車鎖，也許就得趁現在。但車子旋即減速，往左右各一陣搖晃，持續行駛一陣子後，引擎聲減弱，車子終於停了下來。駕駛座的車門開啟，吹進一陣冷風，從吹來的這陣風中，完全聽不到其他車輛行駛的聲音。這裡是哪兒？在他左側的老太太有動作，她的衣袖擦過珂的後頸，朝右側車門伸手。她解開門鎖，之後滑門從外面打開。

「站起來，到外面。」

那位姪子一邊說，一邊掐著珂的後頸，將他拉出車外。珂差點跌落地面，他急忙確認腳下，站向地面，這時一陣強風橫向吹來。

「還是得那麼做嗎……」

從另一側車門走出的老太太說道。

「就不能饒他一命嗎？」

「妳就是這樣，才會一直在吃苦，不是嗎？」

姪子的聲音粗魯的蓋過她的話。

「叔叔的事也是這樣，就是因為妳看他沒錢又沒工作，覺得他可憐，才會一直拿自己辛苦攢下的錢接濟他。」

「要是叫這個孩子承諾，絕不跟別人說這件事……」

「叔叔那時候妳也是說同樣的話。他老是說這是最後一次了，結果妳相信他的話，老是上當，不是嗎？他連一毛錢也沒還過吧？沒人會遵守承諾的！」

咆哮聲中斷的同時，傳來浪潮聲。

珂被抓著手臂往前走。布袋的震動忽大忽小，令他耳膜震動，行走的兩隻腳完全失去感覺。剛才的大聲咆哮應該有人會聽到吧？有人會來查看情況，或是報警吧？走了幾步，對方要他停步，眼前發出像鐵鍊的聲響。聲響朝左右傳開後，消失在風聲中。珂就此明白這裡是哪兒。

而在知曉的同時，他明白自己已沒希望。

剛才的大聲咆哮，一定沒人會聽到，而且這兩人如果想殺他，在這裡可以輕鬆辦到。

這裡是南邊的蝦蟇倉市，位於最東邊的弓投崖，形狀像小龍蝦的螯一樣，向大海挺出的斷崖。剛才發出聲響的，是禁止進入的鐵鍊，只要越過它，很快地面就會來到盡頭，底下數十公尺處是波濤洶湧的漩渦。背後就是海岸馬路，但離這裡有一大段距離。白天倒還好，晚上從馬路那頭根本看不到斷崖這邊的情況，沒人會注意這邊。就算放聲大喊，在這樣的強風下，人聲絕對傳不過去。

珂再度被迫往前走，乾枯的植物觸感摩挲著他的肩膀、手臂，還有雙腳。他聽班上的人提過，這裡是自殺的知名景點，因為日文的「弓投」與「身投」的音很相近，所以很多人來這裡跳海尋死。斷崖上有許多死者的幽靈，只要和他們目光交會，便會被帶往另一個世界。那宛如爆炸般的浪潮聲，不規則的響起，令小腹為之顫動，他被拉著手臂，走向浪潮聲傳來的方向。這裡之所以成為自殺的知名景點，不是因為發音相近，而是因為沒人會在一旁礙事，而且可以輕鬆取人性命的大浪，總是在崖下洶湧起伏。珂第一次被迫走在這個地方，便明白這個道理。大家會以為他是自殺嗎？還是會以為這是一場意外？有人會發現他的屍體嗎？

握住他手臂的那隻手鬆開，改移往他襯衫的背後。

他身子被往前推，沉重的浪潮聲幾乎是從正下方傳來，身體並未抵抗，而是順著對方推的力道，邁步往前走，像他畫在課本上的翻頁漫畫一樣往前走。再繼續走上幾步，就會變得和那名少年一樣，被那傢伙拉著衣袖，走出頁面之外，就此消失。他一直做這樣的想像，希望發生這樣的事，所以才會畫下它，並一直在馬路邊或是操場上看到那傢伙的身影。明明一直被推往崖邊，但身體卻沒抵抗，這不是因為害怕，而是因為自己期望這樣的結果嗎？因為繼續這樣走下去，便能就此消失嗎？不過，他腦中想像的並不光只有這些事。他也會想像學校裡開始教中文、店裡變得生意興隆、搬到一棟大房子住、回中國跟爺爺和小黑一起玩，要是死了，便什麼都無法想像，也無法在腦中描繪任何畫面。

「袋子……」

他連同呼吸一起，從喉中擠出這句日語。緊抓他背後襯衫的那隻手，一時間出現不知如何是好的空檔，他被用力往後拉。

「說什麼？」

這聲音不像是在問珂，而是在問老太太。珂在布袋裡深吸一口氣，頂著風聲說道：

「要是不摘下袋子，看起來就不像意外，也不像自殺。」

周圍的枯草在海風的擺弄下發出叫喊，浪潮在腳下爆炸開來，珂轉身朝向後方。

「沒錯，他說得對。」

「袋子應該會因為浪潮而自己脫落。」

「不過，還是先摘下來比較……」

就算從頭上取下布袋，可以看得到，但要怎麼逃走呢？就算逃走，也會被抓住。即使躲在草叢裡，也會被發現。

「我有點擔心。」

老太太說完後，緊接著傳來一陣在風中一樣聽得很清楚的急促呼吸聲。

有兩隻手搭在珂的後頸，這雙手接下來將取下布袋，兩人的模樣會出現在他眼前。從聲音的方向聽來，此刻這兩人就站在珂的斜前方，正好形成三角形。珂的背後是地面的盡頭，底下是張著大嘴的黑暗空間。當他描繪這幕光景時，某個想法突然展現出野生動物般的勁道，衝進他腦中。他最有可能活下去的方法，他能在此存活的方法。脖子上的繩子被鬆開，布袋緩緩往上拉，在那之前他早已瞪大的雙眼，暴露在夜氣中，映入他視野中的，有那兩個人、四周圍繞的枯草黑影，以及……

「你別想逃跑哦。」

在那黑影間搖晃的兩條白色衣袖。

那傢伙正望著珂，與他四目交接。

「轉過去。」

男子下令的那一瞬間，一陣風迎面吹來，朝大海而去。那陣風發出宛如尖叫般的聲響，那傢伙在風中露出宛如在向珂詢問的表情。珂讓自己的嘴角像堅硬的鐵絲一樣上揚，對方的雙眼瞇得像彎弓一樣，以此回應。又一陣風吹來，那傢伙像乘風一樣，迅速靠近，伸手抓住皮夾克的衣袖往後拉。老太太在風中大叫，那傢伙的手牢牢抓住老太太的衣袖，兩人的身影被吸進黑暗中，就此消失，珂緊閉雙眼。他聽不到風聲和浪潮聲，就只有他自己的聲音在耳膜內一再反覆，滾出去滾出去滾出去滾出去滾出去滾出去滾出去滾出去——

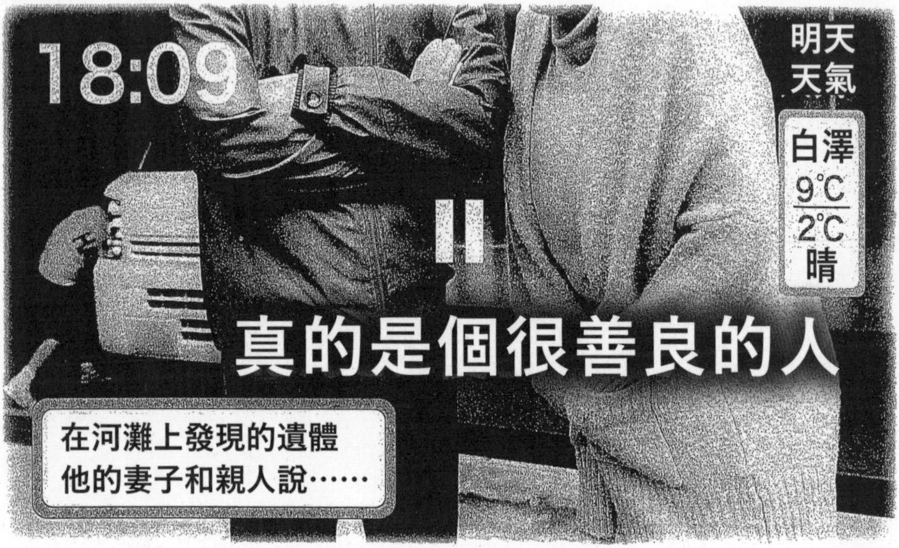
18:09
明天天氣
白澤
9℃
2℃
晴
真的是個很善良的人
在河灘上發現的遺體
他的妻子和親人說……

第三章

不可以發現畫的謎團

絵の謎に気づいてはいけない

DO NOT

一

望向窗戶，大馬路對面浮現一個巨大的生日蛋糕。

頂端插著三角旗的白色蛋糕。

竹梨買這東西回家送妻子，已是十多年前的事了。當時蝦蟇倉中央郵局發生的那起搶案的嫌犯被起訴，警局內依照慣例，辦了一場起訴慶祝會，事後走在返家的路上，他發現初夏的太陽還沒下山。竹梨在商店街的店家買了草莓奶油蛋糕和「Happy Birthday」的旗子，返回公寓。由於只有他們夫妻倆，所以蛋糕就只有單手手指張開那麼大。

然而，妻子就只吃了一口，便擱下叉子。

——我不愛吃鮮奶油。

竹梨當然是馬上繞過餐桌，向妻子道歉。令他驚慌的，不是他竟然不知道妻子討厭吃鮮奶油，而是都結婚六年了，他卻都不知道這件事。之所以會傷了妻子的心，想必也是同樣的情形。妻子雖然面露淺笑，搖了搖頭，但她根本不想看竹梨的雙眼。隔天，竹梨向當時的搭檔隈島提到這件事，果不其然，隈島就只是回了他一句，你有可以買蛋糕回去慶祝的對象，就該謝天謝地了。

「那東西再怎麼熟讀，也不會有任何收穫的。」

與他迎面而立的代哥，說話口吻還是一樣老套，他說話的對象不是竹梨，而是站在他身旁的菜鳥刑警水元。代哥口中的「那東西」，指的是他寫的鑑識資料採驗報告書。

「不過，我還是很在意，擔心會不會漏看了什麼。」

「那是自殺。」

代哥皺起眉頭，接著像要把皺紋拉平般，掌底抵向眉間。之所以叫他代哥，是取自他的姓「代田」，不過，他滿頭白髮，再加上平時總是一身白衣，所以給人的印象，與其叫他代哥，還不如叫白哥更為合適。[5]

「現場沒看漏任何線索，而且解剖後也認定這是自殺沒錯。」

要判斷是否可能為刑事案，既不是由代哥所屬的鑑識員負責，也不是

5.日文中的「代」和「白」，假名都是「しろ」。

解剖的法醫負責，這是竹梨他們這些刑警的工作。如果是平時的代哥，應該也懂得這樣的分際，但這次之所以會說得這麼篤定，可能是因為他難得親自擔任命案現場的鑑識工作。竹梨一面想著這件事，一面望向窗外的生日蛋糕。

「喂，我是你的前輩耶，我說的話你沒在聽是嗎？」

「我在聽啊。」

「大樓的建設有那麼稀奇嗎？」

代田那顆滿是白髮的頭靠了過來，望向竹梨正在看的地方。

「不……總覺得它看起來很像蛋糕。」

「啥？」

「你看，頂端的起重機是旗子。」

馬路對面是一棟興建中的辦公大樓。架設得無比密實的鷹架，將四月的豔陽完全反射而回，而在頂樓，紅色的起重機正慢吞吞的運作著。垂直往上延伸的起重機主體，與略微低於水平，向前挺出的吊臂，看起來正好就像一個橫倒的三角形。當然了，這三角形缺了一邊。

「塔式起重機是旗子是吧。原來如此，確實有幾分像。」

「世人星期天都休假，但工地的人們卻很辛苦。不過話說回來，我們也一樣。」

「月曆不代表世人吧。」

「那個起重機……叫塔式起重機是嗎？大樓蓋完後，會怎麼處理？」

「不知道。」

會被解體——水元語帶不滿的插話道。

「隨著大樓越蓋越高，它也跟著升往高處，最後則是以解體告終。」

「最後的下場是解體，感覺還真空虛呢。」

竹梨的這番話，代哥聽之後哼了一聲。

「又不是完全丟棄。」

「因為機械和我們人不一樣。」

水元目光移回資料上，如此說道。

剛才這句話，是對退休年紀將屆的代哥以及有點年紀的竹梨所做的挖苦嗎？

水元是警察學校刑事科剛畢業的新人，到蝦蟇倉警局就任才短短一個禮拜，上級挑選竹梨負責教育他，目前水元就在他底下學習警務工作。六年前，竹梨一直是和他的刑警前輩隈島搭檔，之後則是都和同期搭檔。與菜鳥共事，確實還挺新鮮的，不過水元全身散發的嶄新氣息，他實在很不習慣。

隈島離開後的這六年來，蝦蟇倉警局改變頗大，之前的舊電腦全部換新，每位刑警全部配給智慧型手機。警局內的菸灰缸全部撤除，其實這是最令竹梨開心的改變，以前與隈島共事時，他總是深受二手菸所苦。

「對了，代田先生，那個花瓣查得怎樣了？」

水元從資料中抬起臉來詢問。他個頭矮小，所以看起來就像老師和學生。

「今天就會有結果，不過，不清楚能否派上用場。」

他說的是沾附在遺體衣服上，來路不明的花瓣。

昨天早上，在宮下志穗的自家大樓發現她的遺體。她是在全國設立分部的宗教團體十王還命會的幹部，而發現她遺體的人是蝦蟇倉分部的分部長守谷巧。

十王還命會的總會員數逾千人，十二年前在蝦蟇倉市設立分部。喪命的宮下志穗統管的是「奉獻部」——一個藉由發送傳單和挨家挨戶拜訪來增加會員的部門，若以一般公司來說，算是業務部。換言之，宮下志穗可稱得上是業務部長，年紀三十七歲，是全國幹部中最年輕的。

宮下志穗獨自住在市內的一棟大樓裡，每天早上開車到位於市區郊外的十王還命會蝦蟇倉分部通勤。但三天前的早上，她未在分部現身，分部長守谷巧打她手機也沒回應，隔天也是同樣的情形，就這樣等到第三天，亦即昨天，守谷親自開車到她家拜訪。他抵達宮下志穗住處時，已是上午十點多。

宮下志穗的房間位於一樓，據守谷的供述，他按了好幾次門鈴都沒回應。來到大樓的停車場查看，看到宮下志穗平時乘坐的奶油色自小客車停在車格內。守谷與大樓的管理公司「CLÉ HOMES」聯絡，告知情況後，說他很擔心，請他們幫忙打開房門。於是中川徹就此現身，他是 CLÉ HOMES 的董事長，今年才三十五歲。

之後中川用萬能鑰匙打開房門，打開門時，守谷發現宮下志穗已在那樣的狀態下喪命多時。

根據通報內容來看，這明顯不是自然死亡，所以警方馬上派人過去。前往現場的是竹梨、水元、驗屍官絹川，以及鑑識員代哥。鑑識課長代哥親自前往現場，相當罕見，但似乎是因為市內連續發生交通事故，部下全都有工作在身。如果是大型警局，會配置交通事故專門的交通鑑識員，但在人力不足的蝦蟇倉警局則沒這樣的配置。

抵達大樓的竹梨一行人，在聽過為了維護命案現場而站崗的制服員警所做的簡短報告後，先對宮下志穗的遺體展開檢視。對新人水元來說，這一刻是他人生第一次目睹「陌生人屍體」，本以為他可能會臉色發白，但沒想到他出奇的沉著，不過他那沉著的模樣，感覺就像在模仿刑事劇裡的主角，實在很看不順眼。

宮下志穗背對玄關大門，坐在混凝土上，以這樣的姿態喪命。脖子上纏著白色的延長線，電線繫向室內的門把；她穿著一身粉紅色的運動服搭牛仔褲，這可能是她的家居服吧；沒穿襪子和拖鞋。臉上戴著眼鏡，還化了妝，在拉扯下伸長了脖子。

代哥和絹川進行現場勘驗時，竹梨和水元向發現遺體的守谷和中川詢問案情。

——我請中川先生解開門鎖，將門往外拉時，感覺到一股異樣的沉重感。

五十八歲的守谷巧，他那看不到一根白髮的頭髮採中分，結實的體格穿著貼身的黑西裝，展現的沉穩態度，任誰看了也不相信剛剛他才發現過屍體。

——還有一股異臭。

據守谷說，在開始想像異臭和門的沉重感有什麼關聯前，他已從打開約十公分寬的縫隙看到室內。那是一房一廳，位在前面的廚房、餐廳、客廳映入眼中，一旁的寢室，滑門半關著。他喚了一聲「宮下」，但沒聽到回應，也沒聽到聲響。屋內的窗簾是拉上的狀態，室內光線昏暗。守谷與站他背後的中川互望一眼後，再次望向門縫，這時他們才發現門內有個東西。

——說來也真傻，當時我以為她……以為宮下就坐在那裡，馬上對擅自開門的事向她道歉。不，當然了，她坐在那裡這件事，也的確是事實。

經通報後，在制服員警趕來之前，門就只是打開約十公分的縫隙，守谷和中川都沒進屋。

——聯絡警方的不是我，是中川先生。我的手機不小心放在車上，所以他用自己的手機報警。

中川有一雙像狐狸的眼睛，令人印象深刻，而在訊問的過程，他一會兒對守谷說的話點頭，一會兒對我們的提問點頭搖頭，但始終都板著一張臉。他頻頻抽電子菸，並不時暗啐一聲，他認為比起出了人命，有人死在他公司管理的屋子裡才是更大的問題，而且毫不掩飾這樣的態度。

向他們兩人問完話，記下他們的聯絡方式時，正好代哥和絹川也結束現場勘查。竹梨和水元放守谷和中川離去，就此走進命案現場。宮下志穗的遺體已被載上擔架床，正等候運出。

打從看到大樓外觀的那一刻起，便看得出宮下志穗的收入頗豐，這印象在走進室內後又加強了幾分。屋裡擺放的物品並不多，但桌椅、沙發、廚房餐具、寢室的床鋪等，就連竹梨也看得出來，全都是高級品。擺在桌角的玻璃杯，似乎是代哥所說的「Baccarat」。床邊的邊桌上擺著蘋果的筆電，地上躺著灰色的小狗，一動也不動。

——緊挨著遺體而死。

代哥單手抓住狗的脖子，抬起來檢視。

——竟然有這麼一隻狗？剛才沒看到。

——因為倒在死者的臀部後方。

從門縫窺望時，似乎因為角度的關係而沒看到。

——這隻狗靠向主人，不斷逗弄她，吵著要主人陪牠玩，但是當電池沒電時，便會自己走向充電站充電。因為死者是呈現左手擺在牠身上的狀態，所以牠應該是因為主人的重量而無法動彈，就此電力耗盡。

這是一隻機器狗，而代哥所說的充電站，是和這隻狗同樣呈灰色，形狀橢圓的小平台，就位於床邊。

——大概是因為大樓裡的規定，不能養真正的狗吧。

水元如此說道，代哥聽了之後，一臉不悅的低語道。

——不是每個人都想養真正的狗。

聽了這句話，竹梨內心感到納悶。

代哥曾經有個女兒，年紀輕輕就過世。她結婚沒幾年便離婚，以單親媽媽的身分努力扶養孩子，但七年前不敵病魔，一病不起。代哥總是隨身將她的照片放在錢包裡，此事竹梨也知道。他總覺得那張照片和此刻代哥說的話有點矛盾。

但他馬上改變想法。已故的家人和照片；真的狗和機器狗。這是兩碼子事。

——代哥，你可真了解啊。

他朝機器狗努了努下巴，刻意語帶調侃的說道，結果代哥難得露出微笑。

——因為我外孫女就曾經吵著要我買給她，還用智慧型手機讓我看廣告影片。

他說的是已故的女兒託他們夫婦照顧的外孫女。在七年前的喪禮中見到那女孩時，記得她才兩歲，所以現在差不多是小三的年紀吧。連那是母親的喪禮都不明白，含著手指，一直東張西望，像在找人的那個女孩，現在已經會用智慧型手機了，真教人驚訝。

——向各位報告遺體的狀況。

驗屍官絹川站在一旁。絹川和竹梨年紀相近，都是四十五歲左右，但說話特別客氣，這是因為有代哥在的緣故。在成為驗屍官前的警察大學時代，絹川似乎曾上過代哥的課。

——遺體已經死亡兩天，死因是纏在脖子上的延長線造成窒息。

絹川挺直他那像豆芽菜般的身軀，轉頭望向代哥，而不是望向竹梨他們，就像在接受面試般，聲音顯得很緊繃。

——在這種雙腳踩在地上的狀態下上吊自殺，會比一般的上吊更慢死去，應該會很痛苦。如果是自殺，一般應該會需要借助酒精或安眠藥。

關於這點，根據事後解剖得知，宮下志穗吞服了安眠藥。那是她常用的藥，而且是市內醫院開的處方，也已確認過處方箋。

——有什麼異常嗎？

為了謹慎起見，竹梨加以詢問。

——目前看起來沒有。

絹川不小心用客氣的用語回答竹梨，露出尷尬的表情。

——有花瓣。

代哥這句話，使得在場所有人皆偏著頭望向他，感到納悶。

——還不知道那是什麼花。遺體穿的運動服腹部一帶，沾有一個花瓣。

竹梨和水元要求看那個已放進證據保存袋中的花瓣。代哥之所以說花瓣是「一個」，而不是「一片」，應該是因為它已皺成一團。縮成像橡皮擦屑一樣的褐色物體，但確實是花瓣沒錯，然而，屋內並沒有花。

——可能是兩天前，她死亡當天在某個地方沾到的吧。

竹梨如此說道，接著代哥轉身背對他，開始準備離去，那模樣就像在說「那是你們才會這麼想吧」。

不久，放上擔架床的宮下志穗遺體，在藍色塑膠布架起的屏障下運走。經塑膠布過濾後的光線照向她的臉，呈現出藍白色，明明已經喪命，看起來卻年輕許多。

之後竹梨和水元兩人在室內展開調查。

面向大樓後方停車場的窗戶完全上鎖，而在發現遺體時，玄關大門也是鎖著的，所以研判應該是自殺沒錯。CLE HOMES管理的房屋，似乎以安全性為賣點，窗戶有兩道鎖，玄關大門的鑰匙也無法私自複製，採用的是法國GARDIEN公司製造的鑰匙。GARDIEN公司的鑰匙，在所謂的凹窩鑰匙（以無數個凹洞形成凹凸的鑰匙）中，也以特別複雜的構造著稱，就算鎖行也無法複製備份鑰匙。如果要複製，得向製造商訂作，到時候一定會在製造商那裡留下紀錄。事後請水元前去確認，得知宮下志穗的房間鑰匙並沒有留下複製的紀錄。她當初入住時，CLE HOMES交給她兩把鑰匙，其中一把收進她掛在餐廳椅背上的手提包裡，另一把放在寢室的櫃子抽屜內。

根據下午代哥繳交的報告書來看，從纏在脖子上的延長線上，只檢測出宮下志穗的指紋，而從桌上的Baccarat玻璃杯也只驗出她的指紋。玻璃杯外緣留有她的唇印。她本人擺在寢室的手機也調查過，沒什麼特別的發現，也向大樓的住戶及附近居民打聽，但一無所獲。

簡言之，沒有任何可以否定她是自殺的證據。

宮下志穗在服下她常用的安眠藥後，以延長線纏向自己脖子，另一頭纏向門把，在睡眠中死去。之所以用延長線自殺，是因為找不到其他夠堅韌的繩子。之所以另一頭綁在玄關的門把上，也是因為沒有其他適合用來上吊的地方。

就是這麼回事。

「可是，這真的是自殺嗎……」

水元仍緊盯著文件喃喃自語。

「你就那麼希望那是殺人案嗎？」

經代哥詢問後，水元思考了片刻後，用力搖了搖頭。

「當然不是殺人案比較好。」

「你對宗教團體有偏見嗎？」

「啥？」

「如果死的是一般企業的幹部，發現者是那家企業的負責人，你一樣會覺得可疑嗎？這次是宗教團體的幹部遺體被人發現，而發現者是分部的負責人。所以你覺得很可疑對吧？因為宗教團體內部發生殺人命案，在日本過去確實發生過。不過，就統計來看，公司內的上司殺害部下的案例其實更多。」

水元對此誇張的搖著頭，看不出是因為被代哥說中，還是真的感到意外。

「對所有事實抱持懷疑，是刑警的基本態度，不是嗎？警察學校，還有竹梨先生，都是這樣教我的。所以我只是抱持懷疑而已。不過，或許也因為這是我遇上的第一起刑事案件。」

刑事案件──代哥在口中暗自低語，但水元似乎沒發現。

「要是就這樣當作是自殺結案，以後我每次看到十王還命會的大樓，或是打開住處的信箱，可能就會想起這件事。」

「不想看到那棟大樓的話，避開它不就得了。你說信箱又是怎麼回事？」

「之前裡頭放了他們的傳單，好像是邀我去參加聚會。」

這時，一名年輕的鑑識員走來，將報告書交給代哥。代哥掛上老花眼鏡，將那份資料瞄過一遍後，極為簡略的說明了內容。

「花瓣是櫻花。」

櫻花——水元暗自低語。

「品種是染井吉野櫻，是這個季節，到處都會開的櫻花。」

「是分部的櫻花！」

水元大喊一聲，同時望向竹梨。

其實竹梨也想起同一件事。

十王還命會蝦蟇倉分部的建築，十二年前突然出現在郊區。白色牆面，三層樓建築，拱形的縱長窗戶整齊排列，有人說，這讓人聯想到奧地利知名的圖書館。竹梨沒出過國，也沒上網查那間圖書館，所以不知道是否真有那麼像。

入春後，十王還命會蝦蟇倉分部的前庭會開滿櫻花。正面玄關兩旁各種有五株，合計共十株的染井吉野櫻，就像巨大的白菜花般，長得無比渾圓，只要風一吹，花瓣便像雪花般飄落，幾乎都快看不到人影。據分部長守谷所說，原本是為了與地方上的人們親近，才種植櫻樹，這項嘗試似乎相當成功。每到櫻花的季節，分部的前庭便會開放，許多人都會到這裡賞花。當然了，這裡不像公園或河灘那樣，可以隨便進入，所以還不至於人山人海，不過，一般民眾會到宗教團體的園區內散步，這樣就已算是相當罕見了。

「有沒有可能是那裡的花瓣呢？」

水元把臉湊近，竹梨不自主的身子往後仰。

「也就是說……三天前，宮下志穗到分部去，當時飄落的花瓣黏在她衣服上，她就這樣帶著花瓣回家自殺嗎？」

「不對。因為她喪命那天，沒到分部去。不過，也不會是昨天發現她遺體時，守谷和中川先生的身上沾有花瓣，花瓣移往宮下小姐的衣服上，或是順著風從門縫吹進屋內。因為那花瓣已完全乾枯，乾枯的花瓣不會掉落，也不會順著風飛進屋內。」

「……你的意思是？」

竹梨還是試著姑且一問，不過，水元腦中所想的，從他是否直呼登場人物的姓氏便聽得出來。

「三天前，守谷離開分部時，櫻花花瓣掉落，黏在他衣服或頭髮上。守谷直接前往宮下小姐家，花瓣就此移往宮下小姐的運動服上。但因為運動服是粉紅色，所以守谷完全沒發現，就此走出屋外。過了兩天後，那片花瓣變成了褐色，被人發現。」

「簡單來說，你的意思是，守谷先生殺了宮下小姐。」

「我可沒說。」

「你明明就是這個意思。」

代哥以掌底輕敲自己滿是白髮的腦袋，水元把臉湊近代哥問道：

「代田先生，能對櫻花做DNA鑑定嗎？」

「鑑定後已確認是染井吉野櫻了。」

「不是這個，我要對染井吉野櫻進行比較。可以鑑定DNA，查出那片花瓣是屬於哪一株染井吉野櫻嗎？」

「世上的染井吉野櫻都是同樣的DNA，因為原本就是從同一株染井吉野櫻做出的複製體。順便告訴你，就算要以DNA以外的要素來進行鑑定，這次也會困難重重。從現場發現的花瓣中，只能驗出這份文件上寫的成分。」

說到當中的成分，街上大部分的行道樹也都有，是再普遍不過的成分了。

「竹梨先生，要不要先去確認一下宮下小姐住的大樓附近是否種有染井吉野櫻？」

「也好。」

「好。」

水元奔回辦公桌，一把抓起全新的公事包，竹梨也走向辦公桌，準備拿取外衣，但代哥卻拉住他的衣袖。

「……那傢伙知道那起交通事故嗎？」

他以眼神示意，指向水元。

「不，我沒說。」

六年前夏天，在緣莊這棟公寓前發生的死亡交通事故。肇事車輛隸屬十王還命會名下，當時坐後座的就是宮下志穗，駕駛是她在奉獻部的部下。那起事故只有一位目擊者，駕駛供稱，車輛在速限內行駛，是對方突然衝出，無法閃躲，而根據目擊者的證詞，也印證了駕駛的說法。駕駛雖然涉及過失致死罪，但最後獲不起訴處分，現在仍在奉獻部工作。

「因為和這次的案件無關。而且課長也吩咐過，關於那起交通事故，一概不要提，不去想。」

很正確的判斷——代哥搖了搖他那一頭白髮。

「因為搜查一旦摻入了私情，便不會有好事。」

「就是這麼回事。」

不可以去想。

非忘掉不可。

很想忘掉。

「我也認為這是正確的判斷。」

之後，竹梨和水元離開警局，前往宮下志穗住的大樓。開車繞遍周邊每一寸土地，但那一帶既沒公園，也沒哪戶人家家中有庭院，說到樹木，也只有冷冷清清的路旁種植的懸鈴木。

至於櫻花花瓣，當然是既沒飛舞，也沒掉落。

二

「當然是很傷腦筋啊，畢竟就是因為有宮下在，才有奉獻部啊。」

守谷巧十指交握，擺在看起來很昂貴的木桌上。竹梨和水元併肩坐在桌子對面的沙發上，但位置比較低，所以形成仰望守谷巧的姿勢。不管誰來造訪這間分部長室，一定都會是這樣。

確認過宮下志穗的大樓周邊都沒種染井吉野櫻後，他們直接徒步來到十王還命會蝦蟇倉分部。

「由於不能給各位會員帶來困擾，從昨天起，我們已努力多方展開行動。為了不讓會員們感到不安，同時也為了讓奉獻活動能和之前一樣順利推動。」

守谷的聲音真是不可思議。聲音明明很低沉，還壓低音量，卻聽得很清楚，明明沒什麼高低起伏，卻不會給人單調的印象。打從剛才起，竹梨便一直靜靜注視著他的厚脣配合話語同步一開一合。

「關於宮下小姐的死，您如何跟會員說明？」

一旁的水元提問，在開車前來這裡的路上，竹梨已事先對水元說，這次的訊問由你來問。水元在一旁聽了，就像喝了大量的提神飲料般，瞪大眼睛，呼吸變得急促，連坐在一旁的竹梨都感覺得到，不過現在他一直壓抑自己心中的興奮。

「統一對外聲稱是猝死，或許她自己也不希望我們跟會員們說她是自殺。」

「昨天也問過您同樣的問題，關於宮下小姐自殺的原因，您是否知道些什麼？」

守谷或許只是做做樣子，只見他朝陽光照進的窗戶望了一眼，像在沉思般，停頓了一會兒才回答。

「不知道。」

這樣啊——水元低語道，拿起專用的筆，朝擺在膝上，約B5大小的平板寫了些字。在搜查或訊問時，要用什麼來記錄，沒特別規定，不過包含竹梨在內，大部分的刑警都用警局內的福利社賣的記事本。也有人會到文具店挑自己喜歡的記事本，但這還是他第一次看到有人用平板。他朝螢幕瞄了一眼，發現在一排小小的手寫字底下，以潦草的字跡寫著「（約五秒的時間）不知道」。

「那麼，接下來，請容我再確認一次您拜訪宮下小姐住處時的情形。一開始，您按了幾次門鈴都沒應答。所以您聯絡大樓管理公司CLE HOMES，於是中川社長親自趕來，解開門鎖。您拉開門的時候，覺得門出奇的沉重，同時聞到一股異臭。當時聽您是這麼說的，沒錯吧？」

那是早已準備好，沒任何滯礙的口吻。

「沒錯。」

「後來你從打開約十公分寬的門縫看見室內，裡頭空無一人。之後才發現宮下小姐的遺體在房門內側是嗎？」

「沒錯。」

原來如此——水元頷首，臉上浮現已勝券在握的興奮。

「……您不覺得奇怪嗎？」

守谷沒答話，只以表情反問。水元可能是為了讓接下來要說的話能提高效果，故意沉默片刻後才接著說。

「像這種情況，應該先確認房門內側，而不是室內才對吧？因為讓房門變得沉重的東西就在一旁。一般都會先對這件事感到好奇，不是嗎？更何況您還聞到了異臭。一般應該都會覺得門內有什麼東西才對吧？」

水元話說到一半，守谷的眼神開始逐漸產生變化。先是微微的驚訝，感興趣，接著轉為同情對方的眼神，最後整張臉浮現歉疚的表情。

「刑警先生……您是水遠先生嗎？」

「我叫水元。」

「水元先生，很抱歉。使用備份鑰匙打開單身女子住處的房門，您可有這樣的經驗？」

「沒有。」

「那麼，打開門的時候感覺到異樣的沉重感，突然聞到一股異臭，您也沒這樣的經驗吧？……啊，謝謝。」

守谷朝門口微微一笑。

「這位是內人。這裡的自治部，也就是一般公司所說的總務部，是由她來管理。」

端著裝有熱茶的盤子走進的守谷妻子，就只是對竹梨他們點頭致意，臉上沒半點笑意。她朝矮桌上擺兩個茶杯，朝守谷的辦公桌擺一個，然後就此離開。聽說她和守谷同年，但她那沒什麼保養的花白頭髮，以及明明很瘦卻垂落的雙頰，使她看起來特別顯老。

守谷夫婦並不住這裡，他們的住家位於分部旁，一處離住宅街有點距離的場所。兩人一年三百六十五天都到分部報到，白天幾乎都在這座設施裡度過。

「總之，事實就是如此。」

守谷拉回話題，喝了一口茶之後接著說。

「現實並不是給小孩子玩的猜謎遊戲，不是所有事都一定有答案。就算別人說這樣不自然，但我覺得這很自然，所以這也是沒辦法的事。」

水元的側臉緊緊咬牙，但他沒回嘴，像是以觸控筆戳刺平板般，寫了些字，之後單手將畫面滑向左邊。頁面切換，上頭又是滿滿的小字。

「我再請教一個問題，您當時是先按下宮下小姐住處的門鈴，但因為沒人應門，所以打電話給 CLÉ HOMES。之後您是在哪兒等中川先生抵達？」

「在宮下的房門前。」

「這麼說來，您也是在房門前打電話給中川先生嘍？」

是在我自己車上——守谷如此回答，水元臉上清楚浮現失望之色。

如果剛才的提問，守谷回答是從房門前打的電話，那麼，在中川抵達時，守谷便持有自己的手機。如此一來，便會和他昨天的證詞矛盾，因為守谷之前說，他發現宮下志穗的遺體，聯絡警方時，由於手機留在車上，所以是請中川撥打。

為了看穿對方的謊言，水元似乎做了許多作戰準備，但目前似乎不管用。是守谷技高一籌，還是他真的沒說謊呢？

「因為這是不適合讓別人知道的內容，我回到車上，關上車門撥打電話。後來中川先生趕來，為了等他，我又回到宮下的房門前。當時我好像將手機忘在車內……啊，抱歉。」

微微傳來震動聲，守谷從白襯衫口袋裡取出智慧型手機，看了一眼。他豐厚的雙脣微微緊抿，接著又轉頭望向水元。

「還有什麼其他問題嗎？如果沒有，因為我還有不少業務要處理……」

水元急促地以手掌將平板的頁面翻向左邊，就像一個考試結束時間快到了，題目卻還沒寫完的學生。

「……我看就問到這兒吧？」

竹梨悄聲說道，水元又翻了幾頁後，一臉不甘心的按下平板的電源鈕。變暗的畫面靜靜映照出天花板，與合上紙本記事本相比，平板給人的「結束」感更加強烈。也許這項工具不太適合刑警的工作。

竹梨他們起身後，守谷也跟著站起來，繞過辦公桌走向門邊。

「下次你們如果能事先聯絡一聲，那可就幫了我一個大忙了。」

他看著竹梨說，而不是對水元。

「抱歉，下次會記得。」

「可以撥打我昨天告訴您的那支手機號碼，我送你們下樓吧。」

來到陽光照得白亮的走廊後，守谷關上房門，從口袋裡取出鑰匙，鎖上門。

「為什麼要上鎖？」

可能沒有任何根據，但水元還是刻意以懷疑的口吻詢問。守谷朝他的臉以及剛才上鎖的那扇門來回打量後，態度從容的微微一笑。

「在注重個人情資的時代，您的提問可真教人驚訝呢。」

「不過，這不是在你們自己的設施內嗎？」

「蝦蟇倉警局的每一扇門也都不上鎖嗎？」

「不，因為警局裡有各式各樣的人進出。」

這裡也一樣——守谷張開雙臂。

「不管什麼身分的人，我們都接納。尤其現在是櫻花盛開的季節，除了會員外，許多人也都會走進我們的園區內賞花。我當然不會懷疑他們，但保護資料還是很重要的，等到真的發生什麼事，那可就來不及了。」

剛才竹梨他們穿過前庭時，也看到鎮上的人們在這裡散步賞櫻。今天是星期天，所以眾人攜家帶眷，聚集了不少人。

「就當作是供我參考，請問您在保護怎樣的資料？」

水元一再提問，也許他是打算盡可能拖延時間，好持續就近觀察守谷這個男人。

「當然是各種資料都有，像我們這種宗教法人，有人並不想讓周遭的人知道自己入會的事，而嚴守這方面的祕密，也算是我們的工作。畢竟和以前相比，現在資料的體積變小，很容易帶走。不論是電腦類的設備，還是房門，都必須上鎖。」

守谷一面說，一面背對他們，走在走廊上。竹梨他們跟在後頭走，穿過響起腳步聲的安靜走廊，走下寬敞的樓梯時，水元仍繼續向守谷詢問十王還命會的教義。

「所謂的十王，是以閻魔大王為中心，決定人們死後去處的十位大王。人死後會分別轉生投入六道，亦即地獄、餓鬼、畜生、修羅、人、天這六個世界，而十王就是負責判斷人們該去哪一道。但這是佛教的教義，我們的教義不一樣。不論死者生前的行徑是善是惡，我們都會與十王交涉，讓死者能再次降生在人道。因為當心愛的人前往遙遠的另一個世界時，會祈禱對方能再次投胎為人，降生在這世上，這也是理所當然的事。我們會獻上綿薄之力，以幫助各位實現願望。」

就像早計算好似的，在守谷說明完畢的同時，他們也抵達了正面玄關。守谷推開玻璃門，竹梨和水元朝他行了一禮後，走向前庭。春日的晴空萬里無雲，視野的上半部就像小孩子的氣球般，是一大片蔚藍。

「……要試試嗎？」

竹梨低語說道，水元也低語回應。

「就來試試吧。」

他們沒朝敞開的正門走去，而是走在櫻樹下，轉頭一看，守谷仍在玻璃門內望著他們。正面玄關的左右兩側各種了五株櫻樹，合計一共是十株，他們混進鎮上的人群中，緩步而行。春風吹散櫻花，四周響起一陣讚嘆。一如往常，櫻花如雪花紛飛，美不勝收。

「沾到了嗎？」

水元整個人往後轉，如此問道。

「有，一片。」

水元那年輕健康的短髮，上頭有一片櫻花瓣。

「那我呢？」

「沒沾到。」

「可能是因為我頭髮變稀疏了。」

回停車場的這段時間，水元盡可能在脖子保持挺直的狀態下行走。

「我來開車吧？」

「不，我來就好。」

兩人坐上車後，就此出發。

車子行駛在市街上時，竹梨問「用平板方便嗎」，水元回答「方便」。

「觸控筆這種東西，用習慣後，會覺得比用普通筆在紙上寫字更好用。它不需要筆壓，而且停、鉤、撇、捺都能辦到。」

「你學過書法嗎？」

「我好歹是有段數的。」

「以後看板應該也會請你來寫吧。」

咦——水元的臉上滿溢興奮之情。

「真那樣的話就太酷了。」

警局內要設置搜查本部時，會在辦公室的門口貼出紙看板，每個轄區都是由員警當中擁有書法段數的人負責寫。在蝦蟇倉警局，以前是由隈島揮毫，現在則是由刑事課長負責。

「很酷是吧……」

竹梨不置可否的偏著頭，抽出插在西裝內側口袋的原子筆。當初與隈島搭檔時，竹梨第一次成功逮捕犯人的隔天，隈島態度冷淡的送他這個禮物。隈島總是抱怨道「你寫的文件真難看懂」，所以送他筆的意思，應該是要他好歹練練字吧。那是水性原子筆，在紙上寫起來很滑順，相當好寫，拜此之賜，竹梨覺得自己現在的字好看多了。

他和隈島最後一起負責的案件──在蝦蟇倉東隧道出口附近，遭石頭砸死的梶原尚人那起事件，已過了六年，至今仍未破案。也一直都沒新的發現，隨著時間流逝，警局內負責的人員一再減少，不久，連竹梨也被撤離這個搜查案。但那起事件永遠都在他腦中揮之不去，每次看到這支原子筆就會想起。不，就算沒看也會想起。不管再怎麼想忘掉，也還是會想起。

「這筆看起來挺高級的。」

「因為它可是Mont Blanc[6]呢。」

「是像蛋糕的那種Mont Blanc[7]嗎？」

「這該怎麼說呢？」

竹梨望著原子筆頂端那宛如白花般的星形標記，他想起隈島曾跟他說，這是用來呈現歐洲阿爾卑斯山的最高峰——白朗峰的積雪，這時剛好也抵達了目的地。

把車停進停車場，兩人走出車門外。

「還沾在上面嗎？」

水元繞到他這邊來，把頭湊向他面前。

「還在。」

「既然這樣，就可能性來說，今天早上我在警局說的情形也不無可能嘍。」

三天前，守谷離開分部時，衣服或頭髮上沾了櫻花花瓣。守谷就這樣前往宮下志穗的住處，花瓣就此移往宮下志穗的運動服上，但運動服是粉紅色，所以守谷渾然未覺的離開她住處。那片花瓣過了兩天後，變成褐色，才

6.白朗峰，阿爾卑斯山的最高峰。同時也是德國一家精品鋼筆、錢包，手錶製造商的品牌名稱。以「白色六角星」當商標。

7.這裡指的是蒙布朗，英文同樣也是Mont Blanc，因為上面撒的白色砂糖很像白朗峰，因而得名。

被人發現。

「這只是就可能性來說。不過，現在這個時期，不是有很多人出入十王還命會的園區嗎？剛才守谷先生也說過，我們也都親眼看到了。」

「這我明白，總之，我想探尋這樣的可能性。」

水元就這樣讓櫻花花瓣留在他頭上，在現場一會兒蹲下，一會站起，繞著車子走一圈，頻頻點頭搖頭，猛然轉身。或許是因為髮質的關係，花瓣一直留在他頭上。印有「CLE HOMES」字樣的一扇大玻璃窗裡，一名女性辦事員一臉狐疑的望著他瞧。

三

中川徹的社長室，與剛才和守谷談話的分部長室相比，只有約三分之一的大小。不過辦公桌、文件櫃、空氣清淨機和電腦之類的電器產品，清一色都是白色，可能是這個緣故，看起來不覺得空間狹小。不過話說回來，這裡的空間好歹比竹梨的房間大，所以他不覺得特別狹小。

「想請教您一件事，如果不是這裡住戶的親人與你們聯絡，你們會輕易幫對方打開門鎖嗎？我是指一般情況來說。」

這次的訊問也是交由水元負責。

「這會視情況而定。以宮下小姐的情況來說，她沒有親人，當初入住時，她的連帶保證人也是守谷先生。」

中川坐在小沙發對面。打從請竹梨他們進辦公室後，平均每十秒一次，他那令人印象深刻的狐狸眼睛，就像故意似的，一直來回望向牆上時鐘和自己的手錶。他戴的手錶品牌是卡地亞（Cartier）。

「原來如此，因為他是連帶保證人，所以您認為沒問題，因而幫他解鎖是嗎？」

中川粗魯的點了點頭，又望向手錶。水元則是朝手上的平板望了一眼後，抬起臉來。

「我不是在責怪您，就只是在確認案情而已。」

「我沒覺得受到責怪。」

水元不置可否的點了點頭，臉上浮現生澀、靦腆之色。也許他事前便先想好訊問時的對話，連同自己說的話在內，全部都記了下來。一旁的竹梨看水元完全照準備好的筆記來提問，雖然有點不太能接受，但心裡很佩服他。他是在開車前往十王還命會蝦蟇倉分部的路上，叫水元負責今天的訊問。這表示當時水元已將要訊問守谷和中川的流程歸納整理在平板上。難道他事前早已料到竹梨會讓他負責訊問？

「對了，您接獲守谷先生聯絡，而趕往大樓時，確認過對方身分證之類的證件嗎？」

「什麼？」

將一些莫名其妙的事怪罪到對方頭上，很惹人厭的問話方式。

「我是說守谷先生的身分證明文件，例如像駕照之類的。」

「為什麼要確認？」

「因為您說，宮下小姐當初租屋時，守谷先生是保證人，您沒直接和他見面對吧？我猜應該只有在文件上簽名或蓋章。這樣無法知道那位跑來請您開門的人，是否真的就是保證人守谷巧先生吧？對方也有可能是小偷吧？」

「如果是的話呢？」

「還問呢？」

「事實上確實是他本人，所以這點就不用追究了吧。」

竹梨在一旁幫忙答腔。

「真不好意思啊，中川先生，因為防止犯罪也是我們的工作之一。」

這時，中川上半身整個轉向竹梨，這動作就像在宣告，他接下來要交談的對象是眼前這一位。

「防止犯罪確實很重要。我們公司都用GARDIEN公司製的鎖鑰，既不能用工具撬開，也無法複製備份鑰匙，這也是為了防止犯罪。就連我們公司名稱裡的『Clé』也是，在法語中是『鑰匙』的意思。」

中川說，Clé HOMES經手特別著重安全的房屋，掌握時代需求，所以從四年前創業以來，業績一直持續成長。

「您戴的手錶，我記得是法國的品牌對吧。」

「您可真清楚。」

「中川先生，您現在的年紀是三十……？」

「五，今年就三十六了。」

中川的表情終於放鬆些許，這時，一旁的水元又翻動平板的頁面展開提問。

「GARDIEN 公司的鑰匙，絕對無法複製嗎？」

中川一時擺出視而不見的模樣，但竹梨露出等候他答覆的神情後，他便很不耐煩的回答。

「到鎖行沒辦法複製。昨天我也說過，只有向製造商下訂單，才能打造同樣的鑰匙。」

「除了鑰匙外，那棟大樓的門鎖有辦法開關嗎？」

「您是指用工具撬開嗎？」

「對，例如這種方式，或是其他方式都行。」

「只要沒鑰匙，除了從屋內轉動開關外，絕對無法開門或是關門。」

這樣啊——水元朝平板上寫下紀錄，但這時竹梨看到中川臉上浮現某個表情。但那表情旋即消失無蹤，水元又接著提問。

「向您請教發現遺體時的情況，您可有從門縫看到宮下小姐的遺體？」

「不，我沒看。光是那往門外洩出的惡臭，我就有一股不祥的預感。

守谷先生向我說明屋內的情況後，我心想，果然出人命了。」

「之後在警方趕到前，您一直都和守谷先生一起嗎？」

「是。」

「眼睛都沒離開過？」

「當然不可能，我當時打電話給警方。」

「打電話時，眼睛是看著電話對吧。」

「這是當然。」

水元目光落向平板，迅速寫下紀錄。寫完後，可能是他準備好的提問全部問完了，他突然雙脣緊抿，保持沉默。中川就像不想錯過這個機會般，迅速從內側口袋裡取出記事本，隨手翻了幾頁。

「我有要事和人討論，也差不多該走了，可以嗎？」

竹梨與水元以眼神達成共識，站起身，中川也將記事本放回內側口袋，站了起來。他的記事本呈細長形，是很常見的形狀，但真皮的封面顯得頗重，使用起來一定不太方便。

「當初您在成立這家公司時，為什麼會想經手特別著重安全的房屋呢？」

竹梨在房門口轉頭問了最後一個問題。中川連目送他們離去的動作都懶得做，正往房內的辦公桌走。

「因為大學時代，我失去了父親。」

「哦，那是因為……」

「小偷變成了強盜，一名用工具撬開門鎖闖空門的男子，與我回家的父親撞個正著，小偷一把拿起廚房的菜刀刺死他。」

「犯人呢？」

水元馬上問道。

「犯人？」

中川先是反問一句，之後才哦了一聲，皺起鼻頭的皺紋笑了起來，那明顯是做給別人看的苦笑。

「警方馬上就逮著人了，因為我老家位於縣外，所以不是這邊的警察。總之，因為有過那樣的經歷，所以才注重安全。」

以短短幾句做結尾後，中川操作電腦滑鼠，開始忙了起來。竹梨他們離開房間，向三名員工點頭致意後，回到車上。

可能是訊問狀況不如預期，在開車回警局的路上，水元顯得臉色凝重。

「我問過你想當刑警的原因嗎？」

竹梨見氣氛尷尬，隨口找了個話題，結果水元很老實的回答說，是因為刑事劇。

「我從小就喜歡，一直對刑警的工作充滿憧憬。」

「試過之後覺得怎樣？」

「還不知道。」

也是啦——竹梨目光移向窗外的景致。

「竹梨先生，你呢？」

經這麼一問，竹梨一時間答不出來。

如果說沒受刑事劇的影響，那是騙人的。事實上，許多刑警都是因為受到刑警劇的影響，而踏入這一行。不過，會老實這麼說的人並不多。

我為什麼會當刑警呢？

當初還是菜鳥時，一定回答得出來，但現在，理應能回答的一句話，卻怎麼也想不起來。就像早上在被窩裡醒來時，剛才明明還記得的夢境，卻怎麼也想不起來，只留下模糊的片段，其他一概消失無蹤。竹梨心不在焉的望著街景，這時浮現腦中的，是他小四那年的記憶。

壘球社裡頭有個長得很帥的小六生，姓土屋。土屋個頭高，很會開玩笑，跑得快，鼻子像大人一樣又高又挺，也不知道為何，總是對竹梨特別關照。明明兩人只差兩歲，但竹梨卻很崇拜他，日後想變得和他一樣。某個星期天有一場練習賽，一早他們便和帶隊的男老師一起搭電車前往隔壁的白澤市，在電車裡，和竹梨同屆的學生頻頻炫耀他錢包裡有三張千圓鈔。但在他們輸了比賽返家，坐在當地的電車上時，那名學生開始嚷嚷起來，因為他錢包裡的千圓鈔全不見了。

在球隊裡，有個家境貧窮的小五生，綽號叫「窮平」。竹梨他們這些學弟也都叫他窮平學長，如今回想，那個人當時一定是極力壓抑自己的自尊心，一笑置之。

隊友掉錢的事也傳進土屋學長耳中，土屋學長在電車上獨自展開推理，從比賽時每個人放行李的地方、隊友各自的守備位置、等候自己上場打擊時的舉動，推測可能是窮平下手行竊。他這番話頗有說服力，大家也都認同他的說法。窮平學長當時離大家有段距離，他就只是低著頭，臉部肌肉緊繃，嘴裡一直咕噥著聽不懂的話。

回到學校後，一路上一直沒說話的帶隊老師，突然說要檢查每個人身上帶的東西，不容分說，當場就開始檢查行李。日暮時分，就在校門前，依序檢查每個人的背包，當打開窮平學長的背包時，老師臉色大變，他伸進背包裡的手，以同樣的勁道收了回來。老師那黝黑的側臉，嘴巴微張，看起來就像永遠就此定住不動一般，他手中握著三張千圓鈔，背後的操場微微揚起褐色的沙塵。

那名錢被偷的小四生，在大家面前從窮平學長手中接過那三張千圓鈔。窮平學長就像之前在電車裡看到的時候一樣低著頭，但這次他流著眼淚說了些話，不過還是一樣聽不清楚。

四

窗外的生日蛋糕變得灰濛。

「下了這場雨，櫻花的花季應該也結束了吧。」

代哥站在一旁，面朝窗戶。

「因為是很大的一場雨。」

「花瓣調查的結果怎樣？」

「不怎麼樣。」

竹梨和水元一起展開的花瓣實驗，坦白說，根本毫無意義，對守谷和中川進行的訊問，結果只是更加證實宮下志穗是自殺而死。之後花了五天的時間，他們持續到命案現場四周向人打聽，也針對鑰匙的事再次向GARDIEN公司確認，但都沒有新的斬獲。在臨行時中川提到他父親遭殺害的事，他們也向負責的轄區詢問過，但似乎與這次的案件無關。

「弓投崖那裡又有屍體了。」

「剛才發生的事對吧，我聽說了。」

那處斷崖從以前就常有人喪命。

人們常說是因為它的名稱音同「身投」的緣故，但不管是鎮上還是外地，都常有人到這裡自殺。那裡是自殺的知名景點，幾個月前的冬天，也有人發現一位經營文具店的老太太和她姪子在那裡化為浮屍。前不久，老太太的丈夫才遭人殺害，被人在瑞應川的河灘上發現他的遺體，所以人們猜測，也許是他們兩人合謀殺了老先生，後來良心不安，雙雙跳崖身亡。但一直都查無有力物證，最後仍舊不知道真相，搜查本部仍未解散，現在負責的刑警們還繼續展開追查。竹梨沒負責這個案件，所以不清楚詳情，不知道後來案情是否有進展。

「還不知道對方身分吧。」

「好像是名成年男性。」

「那裡光是我們掌握到的死者人數，就已經相當多了，但另外還會有一些被潮流沖走，找不到的屍體，所以實際上應該有更多自殺者才對。大家都是從那座斷崖上往下跳，真沒意思……咦，你還在啊。」

水元穿著白襯衫，已取下領帶，走進刑警室裡。昨晚是水元刑警生活的第二次值班，理應是今天早上八點半就執勤完畢，但現在已將近中午時分。

「本想回家前先在休息室小躺一下，結果不小心睡著了。」

「回家後再好好睡吧，外面下雨，小心一點。」

不——水元從口袋裡取出捲成一團的領帶，小心翼翼的將它拉平。

「就算回家也沒人，我要留下來工作。」

從警察學校畢業後，大部分員警都是住單身宿舍，水元也一樣。蝦蟇倉警局的單身宿舍，是屋齡將近四十年的老房子，竹梨原本也住那兒，直到結婚後才搬往公寓。

「留下來也不會有加班費哦。」

「沒關係。」

課長的辦公桌電話響起。課長與對方談了一會兒後，環視室內，發現站在窗邊的竹梨後，他彎起食指，倒向一旁。他手指前端指向竹梨的桌位，似乎是他的電話。

「我是竹梨。」

竹梨回到桌位上，站著拿起話筒。電話另一頭是刑警，負責在冬天時被人發現遺體的那位老太太和她姪子的那起案件。他似乎從戶外打電話回來，聽得到雨聲。

「我現在人在瑞應川的河灘上打聽消息，有位用假餌釣魚的小哥說他撿到一個東西。」

「在這種大雨天釣魚啊？」

「聽說是因為水濁，魚容易被假餌誘騙。」

「他發現什麼？」

刑警說是一本記事本。

「雖然已經溼透了，但稍微翻閱一下內容後，發現和你們在追查的案件好像有關聯。」

五

和水元一起抵達河灘這段時間，雨勢變得更強了。

「就是這個。」

打電話來的那位刑警，交給他一本裝在證據保存塑膠袋裡的記事本，可能是為了不讓溼氣破壞指紋，袋口是開著的。裝在裡頭的記事本，大小就像將文庫本做成細長版，再加上黑色的皮革封面。

「裡頭內容還沒全部看完，你試著翻閱看看，應該就會明白，不過，翻頁有可能會破損。」

他與竹梨、水元三人，彼此的雨傘疊在一起，談論不休。儘管如此，雨滴打在傘面上，河面水聲隆隆，他們還是非得扯開嗓門說話才行。

「為什麼你覺得會和我們偵辦的案件有關？」

「封面內側的夾袋裡放了名片，是 Clé HOMES 董事長的。叫作中川……」

「徹？」

「對，中川徹。一次放了三張，所以像是當事人的名片。」

的確，除了自己以外，別人的名片不太會擁有兩張以上。照這樣看來，這應該是中川徹的記事本吧。仔細一看，覺得和五天前在 Clé HOMES 看到的那本記事本有點相似。

「是在哪兒發現的？」

「在那個岩石底下。」

三人一起往那兒走。離水邊約三公尺遠的地方，有兩塊巨岩，頂端靠在一起。據那名用假餌釣魚的青年陳述，記事本就掉在這兩座岩石中間的位置。

「現在雨很大，這東西我可以帶回警局嗎？」

「我無所謂。」

將記事本放回證據保存袋後，竹梨和水元回到停靠在河堤的車子上。

「要看看裡面嗎？」

坐在駕駛座的水元，扭轉上半身朝向竹梨，因睡眠不足和興奮，他雙眼嚴重充血。

「要是沒處理好，的確有可能會破損……」

竹梨以手帕擦除證據保存袋上的水滴，戴上白手套，從裡頭取出記事本，小心翼翼的翻開封面，裡頭的夾袋確實插了三張中川徹的名片。可能是為了防止名片盒裡的名片用光，事先放在這裡備用吧。皮革封面吸飽了水，變得比實際重量還重，但裡頭的紙張似乎沒完全溼透，可能是因為掉在岩石底下，或是放置在那裡的緣故吧。白色的扉頁，從周圍開始滲水，但中央一帶仍是乾的。他輕輕翻開扉頁，發現下一頁也是同樣的情形。一開始出現的，是今年的全年月曆，上頭什麼也沒寫。繼續往下翻，開始有記錄每週預定行程的頁面。他可能是習慣將整個禮拜的行程寫在左邊空白頁的類型，只見左側的頁面有七天份的方格，右側的頁面則是可以用來記事的空白頁。用黑色原子筆寫下的文字，沾溼的部分因為暈開而無法辨識，不過看起來不論是左側還是右側，上面寫的全是和生意有關的事。繼續翻了幾頁，都是同樣的內容。

「這個禮拜或上個禮拜的頁面，都沒什麼事嗎？」

「我看看。」

竹梨找尋四月的頁面。

「這應該是上個禮拜。」

左頁從底下算起來第二格是星期六，亦即發現宮下志穗遺體的那天。底下的星期天，是竹梨他們拜訪 Clé HOMES，向中川展開訊問的日子。這些方格似乎以原子筆寫了些字，但因為暈開無法辨識。右邊的白紙也寫了不少字，同樣周圍也無法辨識，但是從能辨識的部分來看，似乎就只是記錄了生意相關的內容——不，在中央偏下方，一處勉強可以判讀的位置，以潦草的字跡寫了一串像手機號碼的數字。

以０９０開頭的那十一位數字，竹梨頗為在意。

他對這串數字有點印象。

「請等一下，這該不會是……」

水元急忙從公事包裡取出平板，他操作畫面，打開他先前對自己得到的資訊歸納整理出的檔案。不是手寫，而是打字做成的檔案。水元就像在找尋比實際還要小的文字般，整張臉湊近螢幕，不知在找尋什麼，接著他突然全身一僵。那淋溼的上半身，看起來彷彿在短暫的瞬間裡變得無比巨大。

「這是守谷巧的手機號碼，喏，這裡！」

仔細一看，上頭確實寫著同樣的號碼。竹梨也從自己的內側口袋取出記事本，翻頁找尋。上頭果然也記了同樣的號碼。這是第一次訊問時，對守谷的回答所做的紀錄。他再將目光移回手上那本溼透的記事本，雖然上頭寫了手機號碼，但沒寫是誰的手機。像這種情況，通常都是先記上手機號碼後，再撥打這支電話。

「為什麼中川先生要記下守谷的手機號碼？馬上向中川先生本人確認一下這件事比較好吧？」

「不——」

也許已無法確認。

竹梨取出自己的手機，試著撥打中川徹的手機，傳來「您撥的電話收不到訊號，或是未開機」的語音答覆，於是他馬上改撥Clé HOMES。一名女性辦事員接聽，竹梨請她轉接中川，結果她說中川今天都還沒進公司。問她中川昨天和前天情況怎樣，她也都含糊其辭。

「打電話給警局，問問看在弓投崖發現的遺體身分。」

竹梨馬上結束通話，向水元指示道。

「咦，今天早上那具屍體嗎？」

「請他們確認是不是中川徹，這條河就是在那裡流入大海。」

「啊。」

水元似乎這才發現有這個可能性。

「我這就確認。」

水元用手機撥打警局的電話，整個人就像覆蓋在他擺在膝蓋的平板上一樣，採取隨時都能在平板上做紀錄的姿勢。竹梨悄悄朝那本像是中川持有的筆記本又翻了一頁，那溼透的頁面邊角彷彿一碰就破，但他很靈巧的撕開來。左頁記錄了這禮拜的行程，至於右頁——這是什麼！

「啊，辛苦了，我是水元。剛才竹梨先生下達指示……」

水元迅速說明經過，因為一時講得太快，非得再次說明不可。

「打撈起來的遺體，現在就在警局嗎？那請馬上……對，有公司網頁。只要用 Clé HOMES 搜尋就找得到，對。上頭有中川先生的照片，只要進行比對的話……不，我接下來會開車……」

水元望向竹梨。竹梨手裡拿著原子筆，以大拇指比向自己。

「那請打竹梨先生的手機。」

一掛斷電話，水元馬上轉動車鑰匙，發動引擎。透過後視鏡看到雨中升起白色的熱氣。

「要回警局嗎？」

「也對，得將這本記事本弄乾後，仔細調查。」

在車輛行進時，警局來電說，因為是溺水的屍體，臉部腫脹難以判別，不過今天早上在弓投崖打撈上岸的遺體，是中川徹的可能性相當高。

六

「弄好了。」

在代哥的叫喚下，走進鑑識課的大門一看，那本記事本擺在作業台上，一旁擺著一台吹風機。

「一般用吹風機就能吹乾是吧。」

聽水元這麼說，代哥瞪了他一眼。

「對，誰都會做。」

水元完全沒注意到此時代哥的眼神，全身漲滿興奮的情緒，戴上白手套。竹梨也戴上白手套，站在作業台旁，鑑識員全都出外執勤，房內只有代哥一人。也許是因為雨勢太強，才會交通事故頻傳。

代哥在烘乾記事本這段時間，已確認弓投崖打撈上岸的遺體是中川徹。因為以前中川開車被開罰單時，在資料裡登錄的指紋，與遺體的指紋符合。中川的遺體與那些在海上或河裡發現的眾多遺體一樣，全都沒穿衣服，處於全裸的狀態，當然沒有隨身物品。根據絹川所做的解剖結果報告，中川肺部沒有浸水的痕跡，死因是頭部遭受重擊造成的頭蓋骨骨折。至於是什麼造成這樣的撞擊，他說很可能是像岩石這種形狀歪斜的物體。頸椎沒發現嚴重損傷，從受傷的狀態來看，也不是馬上斃命。換言之，如果是從弓投崖上跳海，頭部撞向岩石後再落入海中，應該會留下肺部浸水的痕跡才對。因此，研判中川是頭部遭受重擊，死亡後再被丟入海中。到底是被推入海中，還是推入河中後，被沖向大海呢？從發現記事本的場所來看，竹梨他們認為是後者。死亡時間推測是三天前的晚上。也就是竹梨他們在Clé HOMES與中川會面的兩天後。

「為了烘乾，我翻動了頁面。在記載了這禮拜行程的頁面上，寫有你們可能會感興趣的內容。」

竹梨拿起記事本，翻動烘乾後變得表面粗糙的紙張。在翻開那一頁的瞬間，感覺得出一旁的水元倒抽一口氣。

上面有這樣的圖畫和文字。

底下寫了一些微微暈開的文字。是兩行條列的文字。都沒有暈開至無法判讀的地步，分別可以看出文字如下。

「警方隨時都能向業者確認」

「5000～1」

筆跡明顯看得出來與中川其他頁面的文字一樣，而和那幅畫一起寫下的「講電話時解開的？」這行字，也是同樣筆跡。

三人都不發一語，低頭朝那一頁凝望了半晌。同一時候，裝設在天花板上，會自動運轉的空調突然停止，室內陷入一片死寂。不久，水元開口說了一聲「這個」，他似乎對自己聲音太大嚇了一跳，刻意降低音量說道：

「……是指宮下志穗的遺體吧？」

應該是吧——竹梨頷首。

「那麼，上面那兩個人，是指站在門外的中川先生和守谷先生嗎？」

「不過，這圖畫是什麼意思啊？」

三人再度沉默。

這次最先開口的是代哥。

「『警方隨時都能向業者確認』……這段記事有點怪呢。」

的確，竹梨一開始看到時，也是同樣的想法。不知道該說是內容與那潦草的文字搭不起來，還是說，如果只是一般的記事，這樣的字數未免也太多了點。

「也許寫的是台詞！」

水元猛然抬頭，仰望竹梨。

「可以說說我的想法嗎？首先，宮下志穗不是自殺，是被守谷殺害。中川發現這件事，想威脅守谷。中川不知道守谷的手機號碼，所以先打電話到十王還命會，詢問電話。也可能是請對方轉接守谷，向他本人詢問。因為中川打來的電話，不管是誰接的，都不會隨便告訴他守谷的手機號碼吧。而中川在這本記事本上寫下守谷的手機號碼，就是打電話的時候記下的。之後中川為了讓對方可以好好談這件事，不必在意被旁人聽見，而重新打守谷的手機，就此對他展開威脅。中川握有什麼把柄，可以證明是守谷殺害宮下志穗，警方只要向某個業者……確認某件事，案情就能水落石出。如果不是警方，就無法確認那件事，但是中川威脅守谷說，只要他去告密，『警方隨時都能向業者確認』。而這『5000∫1』指的是金額。是他威脅守谷，提出他想要的金額。這總不可能是五千到一萬日圓吧，所以單位分別是『萬』和『億』。」

水元就像在詢問意見般，望著竹梨。

「你說……中川掌握的『證據』會是什麼？」

經詢問後，水元的五官全擠在一起，搖了搖頭。

「不清楚他所說的『業者』，到底是哪種業者……不過我認為，他說的證據或業者，可能與遺體的姿勢有關。」

「……姿勢？」

「這與遺體的實際姿勢不一樣。」

水元指向圖畫。

「宮下志穗是用繫在門把上的延長線上吊，所以頭位於更低的位置，而且身體不是像這樣往橫向拋出，而是背部緊貼著門。」

「沒錯。」

竹梨回想著從門縫看到的宮下志穗遺體，想讓水元再多說點，就此把臉湊近記事本。

「『講電話時解開的』，這句話中的『電話』指的是什麼？」

「我想，是中川打電話給警方的那通通報電話。他在打電話時，守谷『解開』了某樣東西。當時遺體的姿勢變了，遭人殺害的證據也消失了。中川發現了這件事，向守谷威脅，就此慘遭殺害。」

畫和記事的內容，巧妙的兜攏了。

「就算是守谷先生殺了宮下志穗好了……他的動機為何？」

「等證據齊備，加以逮捕後，再問他本人吧。竹梨先生，我想先取得逮捕令，調查電話公司的通聯紀錄，可以嗎？看看中川的手機，或是Clé HOMES的公司電話，是否有打給十王還命會或守谷手機的通聯紀錄。」

七

接替宮下志穗職位的吉住，結束在講台上對眾人的問候。竹梨戴著沒度數的眼鏡，眼鏡下的雙眼靜靜望著吉住的模樣。吉住是一位四十多歲的男性，六年前造成死亡事故的那輛車，就是他開的。他行了一禮後，在場的會員們全都一起鼓掌。竹梨也同樣拍著手。

「我沒什麼好補充的。」

繼吉住之後，守谷再次站上講台。

「今後將會以他為中心，和在場的每位人士一起，為了拯救更多在外頭受苦受難的民眾，我們要廣為宣傳與十王交涉的做法……」

這裡是位於十王還命會蝦蟇倉分部一樓的講堂，從最靠近天花板的窗戶照進的夕陽，以斜斜的直線將會場一分為二。那直線猶如聚光燈般，照亮站在講台上的守谷。

在弓投崖下打撈起中川徹的遺體，在瑞應川的河灘上發現他的記事本後，已過了兩天。

從記事本上驗出的，只有中川以及發現他的那名釣客的指紋。之後鑑識課的人對記事本掉落的瑞應川河灘及河底展開仔細的搜查，但什麼也沒發現。代哥也親臨現場，但一無所獲，也沒發現中川的衣服和隨身物品。可能全都沉入水中了吧，現在仍繼續對河底展開搜索，但對於海底，頂多也只能對海邊一帶展開調查。如果衣服或隨身物品沉入海底的話，那就幾乎不可能發現了。

中川記事本上的畫，也讓驗屍官絹川看過。水元問到遺體的姿勢，但絹川說，宮下志穗是維持發現時的姿勢喪命，過了兩天後才被人發現，這樣的看法沒錯。

——那麼，為什麼姿勢會不一樣呢……

水元抱頭苦思，但始終想不出答案。

另一方面，關於電話的通聯紀錄，也得知重要的消息。首先是中川徹，他曾經用手機撥打十王還命會的公司電話，而幾分鐘後，他打給守谷的手機。果真如同水元所猜測。而守谷打給中川的電話，分別是四天前的上午十一點零五分、十一點十二分。推測死亡時間是四天前晚上，中川是在和守谷講電話的當天晚上喪命。

昨天，竹梨和水元再次向守谷展開訊問。他們在分部的二樓見面，和上次一樣，是在分部長室。

——我的手機號碼，是在發現宮下的遺體後，中川先生在玄關前抄下的。為了有事聯絡方便，我主動告訴他手機號碼。

關於中川的記事本上寫有守谷手機號碼一事，守谷如此說明。

——不過，中川先生那時候帶著自己的手機對吧。在問別人電話號碼時，一般情況都是加進手機的聯絡人裡頭吧？

水元坐在沙發上，手裡拿著平板，趨身向前，一副彷彿要咬人的模樣。而另一方面，守谷倒是顯得從容，始終維持平時的溫和表情。

——我不清楚你說的一般情況是怎樣，不過，現在這個時代，像這樣的人確實不少。也許中川先生的作風很老派，所以在這座老舊的市鎮，他的不動產事業才會那麼成功。

不過，這時候他早已知道，中川的不動產事業實在稱不上成功。代哥烘乾的黑皮革記事本，經過仔細調查後發現，在行事曆的欄位上到處都寫有「還債」和「借款」的文字，而調查過 Clé HOMES 的經營狀況後，得知它欠了一屁股債，不管什麼時候倒閉都不足為奇。中川被逼急了，需要龐大的資金周轉。他原本乘坐的公司車——法國車雷諾，也在上個月被業者轉賣了。而說到公司員工，他們都沒從中川那裡聽聞任何公司的經營狀況，對於那輛車，似乎只聽說是送去修理。

——中川先生在電話裡說了什麼？

水元直接詢問通聯紀錄的事，但這次守谷一樣從容不迫的回應。

——因為我是宮下租屋的連帶保證人，所以談的是以後的事，例如房租之類的。

——最後到底談得怎樣？

——我告訴他，依照合約內容，我會負起一切責任。入住者自殺時，可能不太容易找到下一位承租者，所以中川先生似乎也在思考損害賠償的事。我當然是回答他，這些相關的問題，我會適切的處理。

——看來，你們的談話內容很難達成共識呢。

聽水元這麼說，守谷隔著辦公桌，面露微笑的說道「不不不」。

——打從一開始，我就打算拿出誠意和他討論。

——既然這樣，為什麼會花上一個多小時的時間？

關於通話時間，水元他們當然早已掌握。

——應該用更短的時間就能談妥吧？

守谷這時第一次露出慌亂的神情，水元進一步趨身向前。守谷沉默片刻後，在桌上十指交握，語氣平靜的問道。

——你們知道……他父親的事嗎？

水元和竹梨都沒回答，不過，守谷從他們的表情中看出，他們已掌握了這件事，於是他接著道：

——中川先生學生時代經歷過一場悲慘的遭遇，從那之後，父親的死始終深深折磨著他，他一直希望能再見父親一面。當然了，他也知道我們十王還命會的存在，但我們既不是正統的佛教，也不是基督教或神道，我們是新興宗教，所以他覺得我們有點可疑。不過，這次雖然是以這種方式接觸，但畢竟也算是緣分。於是他找我談入會的事，他是真的很希望能在人世間再見他父親一面。

水元沒朝平板上寫字，他握著觸控筆的右手一味的使勁。

——我或許不該自己妄加臆測，不過，這似乎才是他打電話來的重點。大樓住處的事很快就談完了，接下來他談的都是入會的事。

現在中川已死，守谷說的話是真是假，無從印證。十王還命會常會搜尋有家人過世經驗的人，然後派奉獻部去邀對方入會。中川的父親在小偷闖空門時遭到殺害，這件事守谷可能老早就知道了。

「以不動明王之羂索[8]，拯救他人之靈魂……」

聚集在講堂的眾人開始誦念起十王還命會的祝詞，竹梨和其他成員一起動嘴。

——之後您和中川先生見過面嗎？

水元詢問後，守谷搖了搖頭。

——在宮下的大樓住處，是我們最後一次見面。在剛才提到的那通電話中我才跟他說，改天約個時間見面吧，但很遺憾，願望沒能實現。

——這個星期二晚上，您人在哪裡？

那是中川喪命的晚上。晚上九點多，在公司員工全都下班後，他獨自離開公司，此事已透過設置在大門口的防盜監視器拍攝的畫面確認過。不知道他之後去了何處。

——在這間辦公室辦公。

——您當天回過家嗎？

——當然回去啊。不過都已經是深夜了。

說完後，守谷尷尬的微微一笑。

——我向來都待到深夜才回家。因為我是分部長，同時也身兼會計相關的工作。有時懶得回家，也會直接在這裡過夜。

——像這種時候，您都睡哪兒？

就那裡——守谷伸手比向兩人坐的沙發。

「以普賢菩薩的五鈷鈴，拯救他人之靈魂……」

會員們接著誦念祝詞。在交互共鳴、交疊的聲音下，有種現實逐漸從身上剝離的感覺將人攫獲，竹梨意識到這點，刻意將自己拉回現實中。

該問的話全都問完後，水元和上次一樣，低頭望向平板，沉默了片刻。但他這次的沉默，帶有一股危險的氣氛。竹梨從旁邊望向他平板上的畫面，發現上頭正顯示出中川那本記事本的頁面照片，是有圖畫的那一頁。關於這

8. 以五種顏色的絲線搓合而成，一端套環，另一端套獨鈷杵的一種繩狀物。做為拯救眾生的象徵。

張畫，竹梨已事先吩咐過水元，暫時不能讓守谷在內的外人看到，但水元當它是最後王牌，似乎這就要讓守谷看他平板上的畫面，竹梨在一旁揮手制止。似乎被竹梨猜中了，水元的喉結在皮膚下一再上下游移，接著他右手緩緩按下平板上的開關，讓畫面轉暗。

之後改換竹梨發問，他向守谷問了兩三個問題後，便催促水元起身離開。水元似乎也想不到該問什麼了，一臉不甘心的站起身，和竹梨一同步出房外。

「以藥師如來的藥壺，拯救他人之靈魂……」

今天一早他們兩人分開行動，水元到發現中川記事本的瑞應川附近四處打聽，竹梨則是在 Clé HOMES 聽員工們怎麼說。剛才兩人通電話報告結果，但都一無所獲。

祝詞誦念完畢。

聲音中斷後產生的回音遠去後，一股讓人不敢亂動的寂靜籠罩講堂，守谷在講台上閉上雙眼，現場聚集的會員們全都凝望著他。萬籟俱寂，就像一尊安置在那裡的石像，以自身的重量，將幾欲升向天花板消逝的寂靜固定在地板上。不久，守谷靜靜睜開眼，雙眼直視竹梨，彷彿老早就知道他人在那兒似的。守谷的眼神想向他傳達些什麼，竹梨與他目光交會，想看出他的用意。像白噪音般模糊不明的耳鳴聲響起。竹梨很想將站在他前方背對他的會員們撥開，走近講台。而當他真的想展開行動時，講台旁傳來一個聲音說道「辛苦了」。先前致辭的吉住行了一禮，與眾人聯繫下一次聚會的日期。守谷站在台上，仍舊望著竹梨，但接著突然露出柔和的微笑。緊接著，他垂眼望向地面，緩緩轉身，走下講台，朝左手邊的樓梯而去。四周原本壓低聲音的談話，突然鼓噪起來。竹梨將守谷的身影定在視野中央，從眾會員當中穿過，準備朝他背後靠近。這時耳畔傳來一個聲音。

「竹梨先生？」

是水元。

他那驚訝的神情，馬上轉為共犯似的笑臉。

「看來是英雄所見略同呢。」

竹梨也回以同樣的微笑。

「我在想，或許能從中看出些什麼……但我這不算是潛入。」

「大門沒檢查，一副誰都能參加的感覺，所以這樣不算是非法入侵。」

「有這麼多人，對方也不會發現。總之，我們先離開吧。」

他們在會員當中穿梭，穿過正面玄關，來到前庭。

「我剛才一直在想，要是有人向我敬禮的話該怎麼辦才好。」

修整得很漂亮的草地上，還散落著一些已經散盡的染井吉野櫻花瓣。

兩人在上頭留下長長的人影。

「真的會有這樣的人嗎？」

「沒見過。」

「因為有人就是會告訴周遭人，自己是警察。」

因為他們車就停附近，所以兩人朝停車處走去。水元到瑞應川周邊打聽，竹梨在 Clé HOMES 打聽，所以兩人共用的車輛是由水元駕駛。

「剛才守谷說，外面有很多人在受苦，但真搞不懂哪邊才是外面。」

竹梨默默點頭，這時，小時候看過的田螺突然從竹梨眼前掠過。

那是發生窮平學長事件之後的事。壘球社全體隊員前去看他們無法打進的大會決賽，而在返回的路上，也不知道那位帶隊的男老師是何用意，他讓巴士中途停車，帶著隊員們到瑞應川的河灘上。當時是夏天的黃昏時分，大家比賽打水漂，赤腳走進河中，四處找小龍蝦，當時竹梨蹲在岸邊，望著水中移動的田螺。令人驚訝的是，田螺是在水面下行進，牠的身體在水中，牠從下方緊貼水面，緩緩行進。望著這一幕，竹梨處在一種宛如世界內外倒轉的感覺下，靜靜聆聽自己的呼吸聲。

「威脅……警方隨時都能向業者確認……」

坐上車後，水元也沒發動引擎，便開始自言自語起來。

「講電話時解開的……遺體的姿勢……」

不斷聽到水元口中傳來同樣的喃喃自語。每次他如此低語，混雜在聲音中的呼氣量便會增加，就像哪裡開了個風洞一樣，變得越來越大。

「竹梨先生，你後來也都沒想到什麼線索對吧。」

他一面插入車鑰匙，一面問道。

「沒有。」

等聽到竹梨回答後，水元轉動車鑰匙。引擎發動，發出輪胎碾壓小石頭的聲響，擋風玻璃裡的景色往一旁移動。穿過巷弄來到大馬路後，車子一路往西傾的太陽而去，兩人一起拉下車子的遮陽板。

「宮下志穗……是在我們看到的那個姿勢下死去的吧。」

「絹川是這麼說的。」

「可是，和畫裡的姿勢不一樣。」

「是不一樣。」

兩人持續展開這種無意義的對話，這時已抵達警局前。

然而，水元卻路過停車場不停，繼續駕車前行。

「你要去哪兒？」

「我想再做一次實驗。」

水元從一旁的公事包裡抽出手，手裡握著延長線，和纏在宮下志穗脖子上的那一條同樣款式。

「……不行嗎？」

「也不是不行啦。」

那是用命案現場的那扇門做的實驗，水元重現宮下志穗死亡時的情況，以及守谷發現屍體時的情況，想從中掌握線索，已經進行過兩次。

「謝謝。」

擋風玻璃的角落可以望見興建中的辦公大樓，建築已大致完工，位於頂樓的塔式起重機眼看即將要解體。

八

隔著桌腳不穩的和室桌，竹梨與水元相對而坐。

桌上的空啤酒罐，像桌球台的網子一樣排成一列。兩邊各擺著已喝到一半的日本酒兩合裝[9]酒瓶，以及配酒的零嘴。水元的零嘴是巧克力和洋芋片，竹梨則是義大利香腸和起司條。兩人彎著背，啃著零嘴，不時拿起酒瓶朝自己的杯子倒酒。擺在電視架上的數位時鐘已過兩點。

「真教人懷念……雖然很煩人。」

竹梨那視線不定的雙眼，望向浮著水垢的小廚房、低矮的天花板、在

9. 約三六〇毫升。

正中央散發亮光的燈罩、通往小陽台的落地窗。單身宿舍的家具，每間房都一樣，雖然入住者不斷更替，但應該還是會繼續使用，不過唯獨窗簾的花色與竹梨的記憶不一樣。應該是在某個時間換新品吧。

「竹梨先生，你以前住幾樓？」

「一樓。」

「你不覺得冷嗎？這種建築，一般聽說高樓層比較暖和，但這裡明明是四樓，卻冷得要命。現在就這麼冷了，等冬天到來的話……好痛。」

水元才剛做出轉身的動作，便皺起眉頭。

從傍晚起，他們便在宮下志穗住的大樓不斷做實驗，但兩人帶回來的只有肌肉痛和瘀青。

在利用命案現場的房門做的實驗下，彼此輪流更換角色，一再重現實際的狀況。將延長線纏向扮演遺體者的脖子，另一頭則是綁在門把上，扮演守谷的人則是在這種狀態下開門。當然了，要是真的纏住脖子可就糟了，所以扮演遺體者會用雙手擋在延長線和脖子中間，防止事故發生，但因為延長線會被用力往後拉，所以必須持續朝雙手使勁。扮演守谷的人，也要在門內緊貼著一個人的狀態下，把門拉出約十公分的縫隙，很不容易。

就算拉開十公分的門縫，吊在門內的人，卻不會被往外拖行十公分。實際量測臀部往後移動的距離，每次得到的數字都是五公分左右。水元想以這五公分的差距，從守谷「門出奇的沉重」這句證詞中看出矛盾，但在拉開門的瞬間感到沉重，這點始終不變。就算緊貼在門內的是位個頭嬌小的女性，守谷說的話一樣沒錯。

而扮演遺體的人，會以發現遺體時宮下志穗擺的姿勢，以及中川的記事本裡所畫的姿勢這兩種模式來實驗。此外，水元提到，「講電話解開的」這句話中的「解開」，指的應該是延長線吧，所以兩人多方改變延長線的綁法，扮演守谷者一會兒從門縫間解開繩結，一會兒從門把上解開延長線，但全都徒勞無功。因為畫中的遺體，畫的位置比實際還要高，所以水元在脖子纏著延長線的情況下，身子一會兒抬高，一會兒放低，但努力同樣白費。

——有沒有可能是利用那隻機器狗？

來到實驗後半，水元終於提出這個看法。

——例如讓它從門內上鎖，或是把延長線綁在門把上。

——你是說真的嗎？

水元似乎是說真的，但他馬上搖了搖頭，嘆了口氣。

「再這樣下去，恐怕就成了如假包換的自殺了。」

水元望著裝有日本酒的酒杯，眼神渾濁。這不是因為酒本身的緣故，而是酒精讓他積累的沮喪心情一下子增長了好幾倍。

「這的確是自殺。」

在回話時，竹梨也意識到自己的眼神渾濁。他眼皮鬆弛，視野變得昏暗，感覺彷彿天花板的燈光真的減弱似的。

「我之前就一直在想一個問題，可以說出來嗎？」

水元望著酒杯問道。

「你總是想到什麼就說什麼，不是嗎？」

「這次或許會挨你罵，所以我要先確認一下。」

竹梨努著下巴，催促他說，水元則是鼓起白襯衫的前胸，深吸一口氣，接著一面呼出，一面說出他的問題。

「如果有警察相關人員是十王還命會的會員，你認為這個人會向人說出這件事嗎？」

竹梨思考片刻後應道：

「這個嘛……應該不會說吧。」

我就說吧——水元點頭，啜飲一口杯裡的酒。

「這是哪門子提問啊？」

水元緊咬著嘴脣，沉默不語，接著他突然抬起臉來，筆直的望著竹梨的雙眼。

「代田先生有沒有可能是十王還命會的成員呢？」

這意想不到的發言，令竹梨一時來不及反應。

「……代哥？」

「好像是七年前，他女兒因病去世對吧。他會不會就是那時候入會？因為，宮下志穗如果不是自殺，那就太奇怪了。代田先生親臨命案現場時，是看漏了什麼，還是故意看漏呢？你看，打從一開始就堅稱宮下志穗是自殺的人，不也是代田先生嗎？」

「他或許只是基於經驗才那樣說吧。你說他故意看漏，是什麼意思？」

「就是字面上的意思。代田先生或絹川先生，都比刑警更早到現場展開調查，不是嗎？所以他們想怎麼做，都有可能。如果在命案現場……」

水元——竹梨打斷他的話。

他本想更大聲的喝斥，但沒成功。

「你瘋啦。」

儘管如此，水元就像眼前有個巨大的銅鑼敲響般，瞪大眼睛，就此停頓了十秒左右。浮現在他眼白上的血絲，以及下眼瞼邊緣微微濡溼泛紅，全看得一清二楚。

不久，水元低下頭，低語一聲「對不起」。

「剛才我說的話，請當作沒聽見。」

「我也想這麼做。」

「真的很抱歉。不過我真的不能接受，不想就這樣放棄。宮下志穗和中川徹，一定都是守谷殺的。守谷殺了宮下志穗，因為被中川徹發現這件事，所以連他一起殺了。」

水元以不太靈光的舌頭，說出這些話來。竹梨望著他的臉、他的嘴，從水元的脣縫間露出整齊的齒列，以及因唾液而濡溼的舌頭。不知為何，他的舌頭突然看起來很像是弄溼全身躺在那裡的另一種生物。

「我很不甘心。十王還命會今後大概一樣會有越來越多的會員，不知道大家會布施、捐錢，還是繳會費，總之就是會給錢，而守谷就在那寬敞的屋子裡，坐著俯視眾人，而有家人過世或是與情人死別的鎮上居民，會不斷受他們邀約入會。」

「我也……」

竹梨覺得自己宛如雙手握住一顆巨大、熟透、已開始腐爛的水果。他的雙手現在仍使勁往內擠壓，想用那飛散四濺的黏糊果肉，來誘出那隻躲在潔白齒列後方的生物。

「我也受過他們的邀約。」

水元臉上浮現的是憐憫。

「……這樣啊。」

「當時來找我的人，是宮下小姐。」

那已是十多年前的事了。那是沒輪值的早上。

——我依序拜訪了這附近的住家。

有人按公寓門鈴，他打開房門時，站在門外的是宮下。她穿著一身樸素的緊身短裙搭夾克，戴著厚厚的眼鏡，個子嬌小，令人印象深刻。

——我是十王還命會的人，敝姓宮下。

她自己一個人講了約五分鐘後，擱下一本B5大小的冊子和名片。至於那本冊子和名片放哪去了呢？已經想不起來了。

「咦，這麼說來，竹梨先生，你和宮下志穗見過面？為什麼不早跟我說？」

「這和搜查無關吧，而且那是十王還命會的蝦蟇倉分部剛成立的時候，已經是十二年前的事了。」

之前結束那座大樓的現場搜查後，被放上擔架床的宮下志穗遺體，在藍色塑膠布架起的屏障下運走。經塑膠布過濾後的光線照向她的臉，呈現出藍白色，可能是光線的緣故，她明明已經喪命，看起來卻年輕許多，感覺與多年前在玄關第一次看到她的模樣很相似。

「果然是因為大嫂的事，而前來邀你入會對吧？」

「她應該是從哪兒聽到消息吧。」

「竹梨先生。」

水元將酒杯擱向和室桌上，雙手包覆著酒杯。

「如果大嫂的自殺有疑點，你會怎麼做？」

妻子早在喪命前幾個月起，便因為患有精神疾病而常跑市內的精神科。醫生開的處方劑量越來越重，這麼一來，沒有藥物根本無法生活，於是妻子一會兒將藥連同藥袋一起丟進廚餘處理機，一會兒又對此感到驚慌，開車趕往醫院，儘管如此，她還是想減少用量，因而擅自將藥量減半，結果又因為反效果而大量服藥，如此一再反覆。不過，竹梨並非親眼目睹她的痛苦，而是在深夜忙完工作返家後，或是結束輪值返家的早上，聽她以誦經般毫無高低起伏和停頓的口吻訴說這一切。

「我聽其他學長提過，大嫂連遺書也沒留對吧？」

在工作前後，有時是工作間的空檔，竹梨都很努力照顧妻子。他一直都很擔心妻子，會聽她說話，打電話詢問她的狀況。但妻子在竹梨輪值沒辦法回家的晚上，吞下手中所有的藥，穿著家居服就這樣死在裝滿水的浴缸中。

那是十二年前，竹梨買回滿是鮮奶油的生日蛋糕替妻子慶生的隔兩天後。

「你不會想展開徹底的調查嗎？」

竹梨的努力沒半點用處，他明明那麼賣力想要幫助妻子，但妻子卻這麼死了。辦完喪禮後，警局內的員警和親戚全都前來安慰他。包括妻子家那邊的親人在內，都沒人責備竹梨付出的不夠多，甚至有人說，要是他妻子有餘力寫遺書的話，一定會留下感謝竹梨的話語。他們所說的話，若要加以形容的話，不像是用心調理過的菜肴，而是像雙手奉上手中現有的食材般，是完全未經加工，活生生的話語。

根本什麼都不知道。

「……我又說傻話了。」

水元在和室桌的另一頭低頭道歉。

「抱歉，我喝多了。」

根本什麼都不知道。

「不過竹梨先生，光是沒迷信那樣的宗教，你就已經很不簡單了。」

根本什麼都不知道。

「從明天起，我一樣會好好動腦思考，靠雙腳勤跑，好好打拚。也會善用這種工具，搜查的做法得慢慢更新才行。」

水元將擺在身旁的平板擱向和室桌上，以不太穩定的手勢開始操作起來。他想朝瀏覽器的頁面輸入搜尋的關鍵字，但多次打錯字。在他搖晃的視野中，網頁上播放著無聲的廣告影片，一位不知名的女演員整個人倒立。

「她有遺書。」

咦——水元抬起頭。這不是因為驚訝，而是竹梨的聲音卡在喉嚨中，聽不清楚。竹梨默默搖了搖頭，水元又將目光移回平板上。

妻子的遺書就擺在餐桌上，在發現她冰冷的屍體躺在浴室之前，竹梨先拿起了遺書。三張信紙上，以零亂的字跡寫滿了憎恨竹梨的話語：滿腦子都是工作，都不關心妻子；從不好好聽妻子說話；在家時，滿腦子想的也都是工作，見妻子受苦，也只是放著不管，任憑她受苦；對妻子的疾病感到厭煩，時常展現在態度上。

記憶中的他，與信紙中描述的他，到底何者才是真的，他已搞不清楚。

看完文章後，竹梨才發現泡在浴缸裡的妻子。大概原本是熱水，後來慢慢變成冷水，她的身體跟著一起完全變冷。在聯絡警局前，竹梨將信紙揉成一團，丟進垃圾桶。

「可惡，手指不靈光……哈哈。」

當時他到底捨棄了什麼？

是信紙上所寫的另一個他嗎？

「我原本想看十王還命會的網站，但因為喝醉酒，手指不聽使喚，抱歉。」

不，不是捨棄，是守護。他守護了自己所相信的世界。不對，是想讓真正的世界更加接近他所希望的世界。就像小學時代，隊員錢包裡的千圓鈔遺失的那次一樣。那天在比賽途中，他目睹自己所崇拜的土屋學長從隊員的背包裡偷錢，所以他悄悄從自己的錢包裡拿出三張千圓鈔，放進窮平學長的背包裡。因為他猜想，帶隊的老師事後一定會檢查隊員的隨身物品。

水元緊盯著螢幕，維持嘴巴微張的姿勢，一動也不動。無聲的廣告影片仍持續播放，最近竹梨才在自己辦公桌的電腦上看過同樣的廣告。

「……竹梨先生！」

水元猛然抬頭，口中那濡溼的生物扭動著。

「宮下志穗的房門上鎖的理由，也許遠比我們想像中來得簡單哦！」

那舌頭上下晃動，同時逐漸轉向竹梨。

「請看這個，最近我一直在調查鑰匙的事，所以才跑出這個廣告，是智能鎖的廣告。這種智能鎖只要用雙面膠或磁鐵罩在門內的門鎖旋鈕上，就能用卡片或智慧型手機進行門鎖開關。對，就是磁鐵！先讓宮下志穗服下安眠藥睡著，然後以延長線纏住她脖子，掛在門把上，並在延長線上留下她的指紋，朝門內裝設智能鎖，來到門外上鎖。接著在假裝發現遺體時，從門縫伸手取下智能鎖，藏在口袋裡或是其他地方。」

那濡溼的生物，像在跳躍般動個不停，逐漸向他靠近。

「中川向來都經手重視安全的房屋，所以發現了這件事，他向守谷威脅說，只要警方向智能鎖的業者確認，購買紀錄上就會出現守谷的名字，所以他才會被守谷殺害。」

那生物的動作突然停住。

然而，他卻擺出隨時都準備撲向對手的姿勢。

「可是，記事本上的那張畫又是怎麼回事？」

水元雙手按住頭部兩側，瞪視著天空。

「中川因為發現了智能鎖的事，所以被守谷殺害……」

天花板的燈光，將水元那年輕的臉龐照得無比白亮。

「那幅畫應該是在呈現那件事……」

水元話說到一半突然停頓，瞪大的雙眼看起來就像鼓起來一樣。

「……怎麼了？」

「啊，不。」

「到底怎麼了？」

「抱歉，沒事。」

「快說。」

最後水元什麼也沒說。

過了一會兒，竹梨走出靜悄無聲的宿舍。

他走在潮溼的黑夜中，回到空無一人的公寓。

他一直睡不著，過了幾個小時後，警局打電話來，說發現水元死在單身宿舍樓下，很可能是從住處的陽台墜樓。竹梨趕往現場，面對水元的遺體，他跟周遭的員警說，昨天自己一直都在水元的住處裡和他喝酒，直到半夜一點多。還說水元採取的搜查行動太過天真，而且想法近乎幻想，遭他嚴厲的訓斥，竹梨忍不住嗚咽，待他回過神來時，發現自己正放聲號啕。許多隻手搭向他肩膀和背後。嗚咽怎麼也停不下來。他已經再也回不去了。自己明明已當上連續劇裡常看到的刑警，明明親戚的小孩都以崇拜的眼神看他，明明當初結婚時，大家都說他太太很漂亮，對他無比羨慕，明明國高中時，老師都誇他成績好，明明在壘球隊裡都守三壘，明明曾經是班上跑最快的人，明明小時候很快就會說話，明明出生時是個令人驚嘆的可愛寶寶……

講電話時解開的？

終章

不可以相信市街的和平

街の平和を信じてはいけない

DO NOT

一

海面似乎平靜無風，浪潮聲顯得祥和寧靜。

秋風的海天也同樣柔和，不帶棘刺。

沿著自行車道路線走，嗅聞乾爽的海潮氣味，正好前方有兩輛腳踏車靠近。對方旋即從旁通過，朝背後疾馳而去，雖然發出車鍊不太順暢的聲響，但速度卻相當快。

這兩人大概都不是成年人，從他們捲起的這陣風，感覺似乎個頭不高，可能是兩位男孩吧。今天是星期天，所以他們或許是要去哪兒玩。當他想著這件事情時，背後傳來兩個重疊的剎車聲。

接著是兩人走下自行車的聲響。

他們各自牽著自行車迴轉的聲響。

「您沒事吧？」

少年的聲音逐漸靠近。

「您要去哪兒？」

傳來另一名少年的聲音。

兩人應該都是小學高年級的學生，最先開口跟他說話的少年，也許不是本國人。他是從對方有點特殊的腔調中得到這種感覺，不過這是一般人聽不出來的細微差異。

「我要去見晴公園。」

安見邦夫的白手杖指向目的地的方向。

「我帶你去。」

第二名少年說道，碰觸邦夫握緊白手杖的手。是因為學校教導，遇見有困難的人就要出手幫助嗎？他以前多次獨自在這條路上往返，這也不是他第一次徒步走到見晴公園，但邦夫決定接受少年們的好意，點頭回應。

「真是幫了我一個大忙。」

他面露微笑，輕碰對方的手，發現少年的小指根部一帶長了蟹足腫，教人覺得心疼。似乎是燙傷留下的傷疤，但邦夫佯裝沒發現。「為什麼會受這樣的傷」，聽別人這樣問，而對對方興起一股冷冷的怒火，這樣的經驗可不光只有一兩次。

少年們將自行車留在原地，和邦夫一起走到公園。一人牽他右手，一人牽他左手，看在別人眼裡，或許會覺得他們是在替一位最近才剛失明的人帶路。他感到滑稽，不自覺的嘴角輕揚。

「那座公園很新呢。」

有蟹足腫的少年說，另一名少年接話道：

「之前好像還沒有。」

「是今年春天才蓋好的，雖然我沒親眼看過，但聽說是一座很漂亮的公園。」

這是弓子說的。

邦夫在緊閉的眼皮內想像公園的景致，在柵欄對面，是向外延伸的弓投崖，斷崖的前端是一片汪洋，海面映照天空的顏色，閃耀著藍光，這樣的景致，想必不會辱沒這座公園的名稱[10]吧，尤其是在全身都能感受到陽光的這種日子。聽弓子說，公園的正中央設有一座明亮的夜燈，入夜後會照亮長椅、沙坑、小溜滑梯，以及設置在斷崖前的柵欄。

記得以前在某本書上看過，「危」這個漢字，是用來表現有個人從崖上往下望，另一個人向他低頭，懇求他別這麼做。

市府蓋這座公園，或許是用它來代替配置這麼一個人，一直站在崖上低頭懇求人們別這麼做。只要繞過裡頭的柵欄，現在一樣能前往斷崖，但整頓得這麼美麗的公園，以及在那裡持續照亮的夜燈，都充分發揮了效果，讓自殺者躊躇不前。

「要是能更早蓋就好了。」

「不過，這樣的話，我們就不能變成好朋友了。」

兩名少年展開這樣的對話後，似乎發出別有含意的竊笑，可以聽見這樣的呼吸聲。

「你們是從哪兒來的？」

遠方的海鳥發出鳴叫。

「白澤市。」

「因為今天天氣很好，所以我們試著騎自行車到遠一點的地方。」

10. 這座公園叫「見晴公園」，日文的見晴有視野遼闊的意思。

邦夫問他們幾年級，少年回答說是六年級。如果直哉還活著，現在是小五的年紀，差他們兩人一屆。

「現在的小孩平時都做什麼玩樂？」

捉迷藏——有蟹足腫的少年小小聲說道，另一名少年聽了之後噗哧一笑，彷彿這是什麼有趣的笑話似的。

「在車內玩嗎？」

「如果是為了信守承諾，在哪兒都行。」

「多虧有你，我現在才能在這兒。」

兩人說著聽不懂的話語，接著他們先後回答邦夫的問題。

「我們平時都在電車公園玩。」

「鐵路旁有這麼一座公園。」

「不過那裡看不到電車。」

「但它就叫電車公園。」

一股久違的輕鬆感，讓邦夫也開起了玩笑。

「我也是啊，就算去了見晴公園，也不會覺得視野開闊。」

兩人很率真的笑了起來，接著一人各牽邦夫的一隻手，繼續走在自行車道上。

「要坐長椅嗎？」

穿過公園入口後，其中一名少年問。

「不，在這裡就行了。」

「你回去時，自己一個人沒問題嗎？」

「沒問題，因為我和人約在這裡見面，謝謝你們的好心。」

兩名少年的鞋子摩擦著碎石地面，逐漸遠去。

但感覺其中一人停下腳步，重新轉身面向他。

「請問……」

是最早跟他搭話，講話帶有腔調的少年。邦夫偏著頭，面帶微笑，等對方接著往下說，但少年沉默了一會兒後，惴惴不安的說道：

「抱歉，沒事。」

兩人的腳步聲消失在剛才他們停自行車的方向。

邦夫一面以白手杖確認地面狀況，一面朝長椅走近，坐了下來。感覺不到周遭有人，就只有從低處傳來浪潮聲。浪潮的氣味從鼻腔鑽入體內，他聞了一會兒後，按下手錶旁的按鈕。這七年來，他每天都會聽到好幾次的人工合成語音，報出現在時刻。

「十一點五十二分。」

十二點整的時候，對方會來到這裡。

與他約在這裡見面的，是和隈島刑警一起負責七年前那起案件的竹梨刑警。邦夫聯絡竹梨說有東西要交給他時，竹梨說他會到公寓來，但邦夫實在不想在家裡談這件事，所以他選了這個地方。

邦夫要交給竹梨的，是他請弓子代筆的自白書。

他失明至今已經七年，現在已學會操控電腦的鍵盤，也能藉由語音輸入來寫文章。但唯獨這篇自白書，他希望能由弓子代寫，希望弓子在接受他說的每一句話後，將它轉化為文字。

昨晚，弓子照著邦夫說的內容，一字不漏的寫下。而在這段時間裡，她的啜泣聲，以及筆尖碰觸信紙的細微聲響，一直都沒間斷。就像打向他們全身的風雨般，邦夫用變得比以前敏感數倍的耳朵聆聽這一切。待全部寫完後，弓子在嗚咽中回頭把文章重念一遍。接著將五張信紙放進信封中，交給邦夫收下。

七年前，在蝦蟇倉東隧道出口發生的那起事故。

駕駛RV休旅車的梶原尚人。

邦夫對那個男人做的事。

邦夫請青木汽車這家汽車用品店寄來白色的方向燈罩，在自己家中將它打破，把大塊的碎片放在事故現場，然後等梶原尚人自己現身。日子一天一天過去，在弓子出門工作的時間，他都在同樣的場所做同樣的事。不久，對方終於現身，當時他毫不猶豫的用自己事先準備好的石頭砸死對方。

隔天，梶原尚人的同伴森野浩之來到公寓。他一直想除之而後快的對手，竟然自己找上門來。邦夫手握碳纖維箭桿的箭，站在混凝土上。森野浩之在門外不斷出言恐嚇威脅，邦夫在掛著門鍊的狀態下打開門，鼓起全身之力，一箭刺進對手胸膛，森野浩之就這樣哼也不哼一聲的死去。當他將遺體拖進屋內時，似乎在門外走廊上留下了血漬。打工回來的弓子一面哭，一面呼吸發顫，幾乎控制不住自己，但她還是擺上花盆加以掩飾。之後隈島刑警進屋時，她和邦夫兩人合力將遺體搬到床上，蓋上厚厚的棉被，不讓人看到。

隔天晚上，在公寓前面發生了那起死亡事故。

因事故引發了一場騷動後，弓子發現原本在外頭監視公寓的竹梨刑警所開的車，已消失不見。一直等到深夜，也不見竹梨回來，所以邦夫和弓子兩人以床單包裹森野浩之的遺體，搬出屋外，放到自行車上。

兩人一面扶著遺體，一面推自行車，走在白蝦蟇海岸的自行車道上。他們心想，在搬運的途中就算被人看見，也是沒辦法的事。但過程中都沒被人發現，他們就此抵達弓投崖。將遺體拖往斷崖前端時，之前一直不斷傳來的沉重浪潮聲突然停歇。在那突如其來的寧靜中，弓子向邦夫坦白說出一件事。昨天在公寓前發生那起事故後，她看見警方帶走一名手持菜刀的年輕人。他應該是最後一個人。也就是森野雅也，但他們無法殺害被警方帶走的人。儘管他早晚會被釋放，但邦夫心中再也沒力氣去查出對方的住處加以殺害了。

伴隨著沒能達成就告終的復仇念頭，邦夫獨自將森野浩之的遺體推入海中。可能浪潮將屍體送往遠方，森野浩之的遺體一直沒被發現，他至今仍被視為下落不明。

只有兩處地方，邦夫叫弓子寫下謊言。一是將森野浩之的遺體藏在床上，二是之後搬出屋外丟棄，全都寫成是邦夫一人所為。

這篇長長的自白書，裡頭只有這兩個地方沒如實陳述。

只要弓子不說出實情，警方應該會相信這個謊言吧。邦夫在失明的狀態下殺了兩個人。不論是搬運遺體，還是棄屍，都有可能辦到。警方應該會做出這樣的判斷。

絕不能讓弓子進監獄。

邦夫請求弓子寫假話，她一開始當然拒絕，但經過一再的勸說，最後她還是接受了。她發出比之前都還要痛苦的哭聲，寫下自白書。

折成三折，放進牛皮紙信封裡的五張信紙。

關於何時要交給警方，邦夫告訴弓子，他還沒決定。邦夫說他要自己一個人出外散步，弓子相信他的話，在公寓裡等候。如果他一直都沒回去，弓子可能一等就是好幾個小時。不過，待會兒站在玄關大門前的，將不會是邦夫，而是竹梨刑警。

「好久不見了。」

傳來一個聲音，腳步聲走近。

邦夫坐著向他行了一禮，伸手比向長椅旁，竹梨刑警緩緩坐下。

「接到您打來的電話時，我很吃驚。」

竹梨似乎拎著一個像手提包的東西，傳來將它擱向長椅的聲響。

「因為我這還是第一次主動跟您聯絡。」

脖子處傳來衣服的摩擦聲，從中明白竹梨刑警做出點頭的動作。他就此望向邦夫的側臉，沉默不語。是從什麼時候開始，連對方的視線都感覺得到呢？

邦夫把手伸進外衣的內側口袋。

「關於七年前那起事件，我試著寫下我個人的想法。當然了，這不是我自己寫的，是請內人代筆。」

邦夫取出牛皮紙信封，遞給竹梨。

「我想請刑警先生看這封信，所以才勞煩您跑一趟。」

竹梨刑警接過信封後，隔了一會兒才問道：

「可以現在看嗎？」

邦夫搖了搖頭。

「請和我告別後再拆封。雖然我看不見，但您在我面前看信，我心裡還是會有點抗拒。」

裡頭寫有邦夫不去警局自白，而把一切全寫成文字的原因。以及不在自己家中，而是在外面面交刑警的原因。

原因全都一樣。

不論是在家中，還是在警局，他都無法自盡。

「我明白了。」

兩度傳出拉鍊的聲響，在這段時間，邦夫聽到東西的摩擦聲，似乎是將信封收進了公事包裡。

再來就是等對方離去，再繞過斷崖前的這道柵欄。前方地面凹凸不平，或許還長滿了和人一般高的雜草。但要走到斷崖邊應該一點都不難，連白手杖都不需要。只要朝浪潮的聲音傳來的方向前進即可。

整頓得很漂亮的這座公園，是為了阻絕自殺者而建，但是對看不見的人來說，根本就沒影響。

「找您來，就只為了這件事。您專程來到這種地方，真的很感謝。」

「不，安見先生您才辛苦……」

和大部分人一樣，竹梨刑警不知道該說什麼好，一時無言。

得趁還沒有人來的時候，請竹梨離開。雖然覺得有點抱歉，但邦夫還是決定不要多言，靜靜等候對方起身。但這時有兩輛自行車的聲響靠近，在公園的入口處停下。

其中一人走下自行車。

「有人來了對吧。」

邦夫低語道，竹梨刑警以深感不可思議的口吻回答：

「對，是小孩子。他們正望著您……您認識嗎？」

腳步聲逐漸接近。

但最後在離長椅有段距離的地方停下。

「請問……」

聽這聲音，邦夫明白是剛才的少年，說話帶有獨特腔調的那一位。

他來做什麼？

邦夫雙臂緊抿，沉默不語，這時一句意想不到的話語傳入耳中。

「您是安見老師嗎？」

邦夫不置可否的點了點頭。

接著少年略顯躊躇的說出自己的名字——就在這一刻，彷彿墨水滴落水面般，記憶在腦中擴散開來。七年來一直不曾想起的記憶，擔任教保員時的回憶。孩童們歡笑、哭泣、熟睡的臉龐，當中也有這孩子的臉龐，那是什麼時候的事呢？

正好是七年前發生那起案件時，在邦夫上班的白澤托兒所裡就讀的男孩。他們一家人從中國來到日本，因為語言不通，常被同學嘲笑，還被取了難聽的綽號，總是默默哭泣的男孩。在邦夫的記憶中，少年曾抬起噙滿淚水的雙眼，以怯生生的視線望著他。

現在他又是怎樣的眼神呢？

是以何種表情面對人生呢？

「好久不見了。」

從邦夫口中說出這句話來。

少年沒回話。他就這樣沉默不語，隔著寧靜的空氣，傳來不知如何是好的呼吸聲。

「我是因為遭遇交通事故，才看不見的。」

邦夫抬起臉來，雙手指向自己的眼睛。

「原來是這樣……」

這才傳來少年的聲音。

「你之後過得好嗎？」

少年先是應了一聲「我很好」，之後聲音突然變得鏗鏘有力。

「當時很謝謝您。」

邦夫朝少年這句話的含意思考良久。

「我……做了什麼嗎？」

「您出面幫我，我被大家欺負時，只有安見老師您注意到我，為了我把同學罵了一頓。」

對了，是有這麼一件事。

「很抱歉，我後來突然消失。」

當邦夫無法繼續在托兒所上班時，園長說，他不打算特別向孩子們說明邦夫離開這裡的原因。因為情況特殊，所以這也是無可奈何的事。從那之後的七年間，邦夫完全忘了這些過去他一直看顧的園童們。就連他總是很擔心的這個孩子，他也從沒想起過他的臉。

「自從老師您離開後，我又被欺負了。」

少年說。

但在邦夫開口前，少年接著說道。

「不過，託您的福，我學會忍耐。因為我記得老師您曾挺身保護我。」

那聲音帶有些許難為情，但蘊含了想清楚告訴對方的想法。這聲音筆直的投向邦夫心中，他就像被緊釘在長椅上一般，無法動彈。

叮鈴——公園入口處傳來自行車的鈴鐺聲。

少年再次向邦夫道謝後，小跑步跑向在背後等候的另一名少年身邊。

「看來，您從事的是一項很重要的工作呢。」

一旁的竹梨刑警語帶嘆息的說道。

「那孩子露出很率真的笑容。」

邦夫光是不發一語的將下巴往內收，便已竭盡所能。竹梨也沒繼續多說，就只是做了個深呼吸。公園入口處傳來少年們踢開自行車腳架的聲響。

「……嗯，那樣太危險了吧？」

竹梨刑警站起身，離開長椅。他為了自行車鍊的事，跟少年們說了些話，但平時理應很輕易就能聽清楚的聲音，此刻卻化為模糊不明的一連串母音傳進邦夫耳中。少年們彼此簡短交談了幾句，竹梨刑警也笑了，感覺他們三人像是當場蹲了下來。傳來自行車鍊的轉動聲。邦夫聆聽那個聲音，猛然回神，發現自己竟朝竹梨刑警坐的位置伸長了手。傳來指尖碰觸公事包的觸感。他探尋拉鍊的拉鍊頭，將它拉向一旁。手伸進公事包內，手指碰觸到信封，邦夫將它抽出，放進外衣的內側口袋。

「在隧道前方左轉，到了第四個轉角處右轉，便會抵達商店街。」

竹梨刑警的聲音再次清楚的傳進耳中。

「到那裡街角處的一家自行車出租店問問看，應該就行了。他們也販售自行車，所以應該會幫你調整。」

謝謝——少年們不約而同的說道。

自行車的聲響遠去，竹梨刑警返回長椅。

「自行車老舊後，車鍊一定會變得鬆弛。」

再給我一點時間。

再給我一點時間就好。

「安見先生，您接下來要去哪兒？」

竹梨刑警再度坐向剛才坐的位置。

「如果是那裡的話，我可以送您。」

理應放在公事包裡的信封不見了，竹梨刑警一定會為這件事打電話來詢問。能爭取到這段時間也好。只要有這樣的時間就夠了，我想和弓子一起。想兩個人好好獨處。有話想跟她說。

「不，我一個人就行了。」

邦夫從長椅上站起身。

「內人還在等我呢，我先告辭了。」

二

安見邦夫離去後，公園裡只剩竹梨一人。

他手臂擺在長椅的椅背上，回頭往後望，看到一路朝柵欄前方延伸的弓投崖。

據說那座斷崖上聚集了死者的亡靈。七年前，在蝦蟇倉東隧道出口被人砸死的梶原尚人，是否也是其中的亡靈之一呢？被他留在車內不顧，就此斷氣的直哉小弟，是否也是其中之一呢？

他低頭望向一旁的公事包。

剛才安見邦夫給他的信封，就放在裡頭。

裡頭到底寫了些什麼，竹梨無法想像。關於七年前的那起事件，安見邦夫現在是怎麼看？竹梨只能說，雖然已經過一段漫長的歲月，但要說出這件事，肯定還是很難受，而親筆寫下這一切的安見弓子，想必也同樣難受。

竹梨心想，像我這樣的人，根本無法進一步想像。

剛才拿到的信封，有相當的厚度。這是折成三折的信紙，應該一共有

五、六張吧。

這裡頭所寫的文章，或許與一年多前他寫的文章篇幅相當，也許字數也差不多。

竹梨閉上眼，他的前額內、兩鬢的中間一帶，發出一個像輪船汽笛般低沉而不間斷的聲響。那聲響逐漸擴散，盈滿他的頭蓋骨。

雖然文章的篇幅相當，但內容卻截然不同。

一年多前，竹梨在信紙上寫的是自白信。當中提到妻子的疾病與自殺；她丟棄在垃圾桶裡的遺書；與十王還命會的相遇。宮下志穗的遺體被人發現的那起事件，自己在搜查的過程中所做的事，以及水元墜樓身亡的那晚，自己所做的事。

目睹水元在單身宿舍樓下化為冰冷屍體的幾天後，竹梨將一切都寫在信紙上。用隈島送他的那支原子筆，寫下他這一生中寫過最長的文章。

文中還提到七年前的那起案件，在緣莊前發生的死亡事故。他奉課長之命去安見弓子的住處前監視時，親眼目睹了那起事故，他是唯一目擊者。一輛正準備從公寓前駛過的車子，明顯超速，但當竹梨以目擊者的身分向交通課的刑警們提供證詞時，他說了謊。他說車子開得不快，是對方自己衝出，無法閃避。

因為他知道那是十王還命會的車。

身為刑警的竹梨提供的證詞，全面受到採信，駕駛吉住就此躲過過失致死罪。

這些都是絕不可饒恕的行徑——竹梨全寫在信紙中，毫無遺漏。但他提不起勇氣。他每天都到警局去，在刑事課上班，但始終無法從公事包裡拿出這個信封。信封上寫著「局長收」，甚至還貼了郵票，但他連投進郵筒都辦不到。

最後，這個信封始終都擺在他的公事包裡，一放就是一年多。

他睜大眼睛，將一旁的公事包拉到身邊。似乎是剛才忘了拉上拉鍊，公事包是開著的。竹梨手伸進裡頭，緩緩朝裡頭探尋，但他旋即停下手中的動作。

他就像一把抓住某人的後頸般，將公事包提至膝蓋上，將拉鍊整個拉開，朝裡頭檢視。可以看到一個信封混在眾多雜物中，這是剛才從邦夫手中接過的信封。

另一個信封不翼而飛。

三

邦夫走在蝦蟇倉東隧道中。

他用白手杖確認地面，朝弓子等候的公寓走去。

不知為何，耳畔傳來竹笛聲和鼓聲。每當七夕慶典將至，市鎮的天空總會響起這個聲音。那是人們在練習慶典樂曲的聲音。

以前每年他們一家三口都會參加商店街的七夕慶典，直哉第一次自己買東西，也是在七夕慶典上。

那是他過世前一年的事，當時才三歲。

邦夫給他的兩枚百圓硬幣，直哉右手一直緊握著，獨自一人走向杏子糖的路邊攤，生硬的擺動雙腳，雙手也特別誇張的前後擺動。直哉想要的，不是杏子糖，也不是李子糖，而是用橘子罐頭做成的橘子糖。但直哉的聲音太小，路邊攤的小販似乎聽不清楚，遞給他李子糖。看得出直哉的側臉因難過而扭曲，但那也只出現短暫的一瞬間，當他轉頭望向父母時，臉上已滿是自己成功買到東西的喜悅。直哉不想用跑的，但又想快點前進，於是他小動作的邁動雙腳，回到邦夫和弓子身邊。問他是不是很緊張，他雖然沒學過「緊張」這個詞，但似乎隱約明白這個意思。只見他雙唇緊抿，抬起下巴，搖了搖頭。不過，當邦夫抱起他時，感覺到直哉滲汗的襯衫底下那瘦弱的肋骨內側，小小的心臟跳得又快又急。之後直哉啃著他買來的李子糖，直呼好吃，但這應該是違心之言。他吃不完整支李子糖，剩下大約一半，最後是弓子吃完的。當時直哉對她說「給妳吃」，並一臉得意的神情，就像在炫耀自己的行為般。他柔細的前髮因汗水而緊貼著前額，雙眼仍留有第一次買東西的興奮餘韻。

海風告知隧道已來到終點。

慶典樂曲也已消失無聲，四周只傳來遠處的浪潮聲，以及海鷗的鳴叫在空氣中形成的回響。

他停下腳步，抬起頭。張開眼睛，讓雙眼暴露出陽光下，掌握不住形狀的黑白斑駁光景占滿他的視野。感覺彷彿從圍繞他的世界裡，看出過去以及現在，在不為人知的情況下持續產生的許多失敗與重生。邦夫雙臂垂放，讓陽光照向他的臉和胸膛，讓自己的一切融入這樣的光景中。

只要再多一點時間就好。

不知道還能撐多久。

但只要再一點點時間就好。

他右手伸進外衣的內側口袋，取出那個信封。他朝雙手的手指使力，單手伸向前，同時將裡頭的信紙連同信封一起撕破，一次又一次。淚水從他失明的雙眼滿溢而出，順著下巴滑落。邦夫將撕碎的信封和信紙放在雙手掌上。從下巴滴落的淚水，落向地面發出細微的聲響。就像在細數他活命的時間般，那聲響不斷傳來。他無法細細聆聽，也無法摀住耳朵，就只是這樣仰望天空，定睛望向那黑白斑駁的世界。

突然一陣強勁的海風，從邦夫雙手奪走那信封和信紙的碎片。

四

竹梨將公事包擺在膝上，坐在長椅上無法動彈。

我把那個信封遺落在什麼地方嗎？或是我在警局從公事包內取出文件時，誤把它夾在文件當中嗎？

不管怎樣，再過不久就會知道了。

如果是掉在某個地方，撿到的人一定會替他丟進郵筒裡。如果對方沒這麼做，而是拆開信封，看裡頭的內容，那也沒關係。信紙上所寫的內容，一定會以某種方式，很確實傳進警方耳中。如果信封是在警局內的某處，發現的同仁一看到信封上面的收件者名稱，便會替他送交局長。信封背面沒寫寄件人名稱，所以不會送回他手上。

之前盈滿他腦袋中，像輪船汽笛般不間斷的聲音，不知不覺間消失了。竹梨做了個深呼吸，手伸進公事包裡。他想趁這剩下的時間，處理邦夫拜託他辦的事。

他聽聞浪潮聲和海鷗的叫聲，拿起邦夫交給他的信封。打開信封一看，裡頭放了五張折成三折的信紙，一看到信中內容，竹梨再度無法動彈。

盈滿他腦中的，就只有困惑。

五

「對方免費幫我們更換車鍊呢。」

珂一面踩著自行車，一面大聲對騎在一旁的山內喊道。山內就像不想輸給從他們兩人中間吹過的強風般，也大聲回應。

「兩輛車都不用錢！」

「那家自行車店的老爺爺人真好！」

「公園那位叔叔也教我們明白車鍊的事！」

「還告訴我們那家自行車店的地址！」

這世上有許多好心又善良的大人。珂感到既開心，又安心，用力踩著踏板。多虧老闆調緊了車鍊，與之前相比，感覺雙腳的動作確實的傳向了輪胎。

「真想要一輛新的自行車。」

山內微帶笑意的聲音，從風的另一頭傳來。

「我也想要。」

珂也以同樣的聲音回覆。

也不知道是菜肴的味道水準提升，還是鎮上的人們發現它的美味，最近店裡的客人變多了，所以再過不久，或許爸媽真的會買輛新的自行車送他。不過，珂決定要再忍一陣子，直到山內買新的自行車為止。

他望著眼前的街景，享受迎面拂來的秋風，往前疾馳。有個像能量，也像光芒的東西，跑遍他全身，感覺不是他自己在踩，而是那東西在運作他的雙腳。也許是因為和安見老師久別重逢，多年來一直想表達的感謝之情，終於能當面說出。雖然老師雙眼失明，令人難過，但安見老師一定會努力面對人生，再度賜予別人勇氣，讓人展露笑顏。而他一定也能讓自己提起勇氣，笑口常開。

「街上的景致真美。」

珂不知道該怎麼形容自己的心情才好。感覺好像有個大家都知道，很貼切的日語，但就是想不起來。不過，山內轉頭望向他，朝他點頭。

「喏，真美。」

風揚起珂的頭髮，他的前額、耳朵上方，全都承受著日照。騎在一旁的山內，他那布滿溼汗的臉龐，也閃動著白光。看到這一幕，珂這才想起剛才他想說的話是什麼。

「這就叫和平對吧。」

山內也鼻端朝向太陽，大聲喊道：

「喏，這就叫和平對吧。」

國家圖書館出版品預行編目資料

不可以 / 道尾秀介著；高詹燦譯. -- 初版. -- 臺北市
：皇冠, 2021.8　面；公分. --（皇冠叢書；第4957
種)(大賞；128)
譯自：いけない

ISBN 978-957-33-3760-7 (平裝)

861.57　　　　　　　　　　　　110010970

皇冠叢書第4957種
大賞｜128

不可以

いけない

作　　者—道尾秀介
譯　　者—高詹燦
發 行 人—平雲
出版發行—皇冠文化出版有限公司
台北市敦化北路120巷50號
電話◎02-27168888
郵撥帳號◎15261516號
皇冠出版社(香港)有限公司
香港銅鑼灣道180號百樂商業中心
19字樓1903室
電話◎2529-1778　傳真◎2527-0904
總 編 輯—許婷婷
責任編輯—蔡維鋼
美術設計—高偉哲
著作完成日期—2019年
初版一刷日期—2021年8月

法律顧問—王惠光律師

讀者服務傳真專線◎02-27150507
電腦編號◎506128
ISBN◎978-957-33-3760-7
Printed in Taiwan
本書定價◎新台幣420元/港幣140元